REVISÃO CRÍTICA DO CINEMA DA RETOMADA

Conselho Editorial

Alessandra Teixeira Primo – UFRGS
Álvaro Nunes Larangeira – UFES
André Lemos – UFBA
André Parente – UFRJ
Carla Rodrigues – UFRJ
Cíntia Sanmartin Fernandes - UERJ
Cristiane Finger – PUCRS
Cristiane Freitas Gutfreind – PUCRS
Erick Felinto – UERJ
Francisco Rüdiger – UFRGS
Giovana Scareli – UFSJ
Jaqueline Moll - UFRGS
João Freire Filho – UFRJ
Juremir Machado da Silva – PUCRS
Luiz Mauricio Azevedo – USP
Maria Immacolata Vassallo de Lopes – USP
Maura Penna – UFPB
Micael Herschmann - UFRJ
Michel Maffesoli – Paris V
Moisés de Lemos Martins – Universidade do Minho
Muniz Sodré – UFRJ
Philippe Joron – Montpellier III
Renato Janine Ribeiro – USP
Rose de Melo Rocha – ESPM
Simone Mainieri Paulon – UFRGS
Vicente Molina Neto – UFRGS

MARCELO IKEDA

REVISÃO CRÍTICA DO CINEMA DA RETOMADA

Editora Sulina

Copyright © Marcelo Ikeda, 2022
Capa: Like Conteúdo (Sobre a imagem do filme *O Sertão das memórias*, de José Araújo © Tupã Films)
Editoração: Niura Fernanda Souza
Revisão: Adriana Lampert
Editor: Luis Antônio Paim Gomes

Bibliotecária responsável: Denise Mari de Andrade Souza CRB 10/960

I26r   Ikeda, Marcelo
        Revisão crítica do cinema da retomada / Marcelo Ikeda. – Porto Alegre: Sulina, 2022.
        182 p.; 14x21 cm.

        ISBN: 978-65-5759-082-9

        1. História do Cinema. 2. Filmes – Crítica. 3. História do Brasil – Cinema. l. Título.

        CDU: 791.43
        CDD: 791.409

Todos os direitos desta edição são reservados para:
EDITORA MERIDIONAL LTDA.

Rua Leopoldo Bier, 644, 4º andar – Santana
CEP: 90620-100 – Porto Alegre/RS
Fone: (0xx51) 3110.9801
www.editorasulina.com.br
e-mail: sulina@editorasulina.com.br

Outubro/2022

Apresentação

A origem deste livro surgiu como primeiro capítulo de minha tese de doutorado (Ikeda, 2021b). A tese era dedicada a examinar as origens e características da geração de cineastas brasileiros que despontou entre meados dos anos 2000 e o início da década de 2010, conhecida como o "novíssimo cinema brasileiro". Assim, como a tese defendia a ideia de que essa geração se opunha aos valores do cinema que a precedia, decidi apresentar, no primeiro capítulo, uma síntese do que seria o "cinema da retomada".

No entanto, à medida que fui escrevendo e pesquisando, fui adensando alguns elementos que considerei originais numa perspectiva de compreensão do que fora a "retomada". Esse capítulo acabou se tornando grande demais para o escopo de minha pesquisa. Ainda assim, na defesa de qualificação da tese, cheguei a apresentar uma versão quase finalizada de mais de 70 páginas desse capítulo.

Mas, ao chegar em Londres, para minha bolsa-sanduíche na Universidade de Reading, a professora Lúcia Nagib logo me fez perceber que não fazia sentido um capítulo de mais de 70 páginas apenas sobre os antecedentes da geração que eu iria de fato analisar. Decidi, então, retirar todo o primeiro capítulo da tese, reduzindo-o para uma seção de cerca de 15 páginas como parte da introdução.

Posteriormente à defesa da tese, tive vontade de retomar esse capítulo. Após uma releitura, considerei que poderia ser publicado como um estudo autônomo, especialmente voltado para um debate sobre o cinema brasileiro dos anos 1990, como uma reflexão crítica acerca da expressão "cinema da retomada". Ao longo de um ano, reformulei, acrescentei e revisei determinados aspectos até assumir a forma atual.

Assim, gostaria de agradecer à professora Ângela Prysthon, minha orientadora da tese de doutorado na Universidade Federal de Pernambuco, que foi minha primeira interlocutora sobre o teor desse ex-primeiro capítulo. Também à banca de qualificação, composta pelos professores Rodrigo Carreiro e Chico Lacerda, ambos da UFPE, que fizeram comentários sobre alguns aspectos pontuais desse capítulo. Carreiro foi o primeiro a me sugerir, ainda na disciplina de Seminário de Tese, que o escopo de minha pesquisa era muito abrangente, e que poderia ser reduzido, de modo que o que ficasse de fora poderia se transformar em outros estudos posteriormente.

Em seguida, a professora Lúcia Nagib foi fundamental por introduzir questionamentos que me fizeram tornar mais sólidas as premissas que acabaram por aprofundar o estudo e gerar essa publicação.

Na banca de minha tese de doutorado, essa seção específica de cerca de 15 páginas recebeu muitas considerações de um dos membros da banca, o professor Arthur Autran (UFSCar). Com isso, após a defesa, enviei a ele uma primeira versão desta publicação, que foi muito gentilmente comentada, e que gerou substanciais reflexões para esse trabalho.

Também de grande importância foi a leitura do professor Luís Alberto Rocha Melo (UFJF) sobre uma primeira versão da publicação. Os comentários e reflexões de Autran e Rocha Melo foram de grande contribuição para esse trabalho, a quem particularmente agradeço pela generosidade desse intercâmbio de ideias.

Esta publicação teve como ponto de partida uma tese que analisava o "cinema da retomada" do ponto de vista de uma geração posterior, apontando as limitações do cinema estabelecido, a que ela se opôs. Talvez esse ponto de vista ajude a compreender o tom por vezes excessivamente crítico ou talvez pouco generoso às conquistas "da retomada". Por isso, decidi nomear esse estudo como uma "revisão crítica", como um paralelo/homenagem ao gesto de Glauber Rocha em seu livro seminal (2003 [1963]), ao revisitar, de forma por vezes ácida, os cinemas das gerações que antecederam o Cinema Novo.

Agradeço a José Araújo, pela cessão da imagem de *O sertão das memórias* (1996), que ilustra a capa deste livro. Obrigado a Márcio Câmara pela intermediação e a Fábio Rogério pelo sempre presente apoio.

Por fim, gostaria de agradecer ao editor Luís Gomes, por tornar possível a publicação deste livro – este é o quarto título que publico com a Editora Sulina. Espero que venham muitos e muitos outros.

Sumário

11 | Introdução
23 | Os limites da noção de ciclo
35 | O contexto de crise e as transformações do mercado cinematográfico
42 | O fracasso de *Cinderela Baiana* como sintoma
46 | O papel central do Estado: o modelo de incentivos fiscais
50 | *Carlota Joaquina* e o mito de origem
54 | O incentivo do jornalismo cultural
59 | O "cinema da retomada" e a formação de um ideário prescritivo
63 | As "reformas modernizadoras" dos governos FHC
67 | O mito da diversidade como projeto totalizante
72 | O epítome: *Central do Brasil*
79 | Os paradoxos da leitura oficial
84 | *Central do Brasil* ou *Tudo é Brasil*?
87 | A busca pelo "equilíbrio conciliatório" e seus paradoxos
98 | A história como patrimônio
103 | Em busca de uma contemporaneidade mundializada
106 | Organização empresarial e modelos de comunicabilidade
112 | O social palatável e a "cosmética da fome"

117 | À margem (I): os cineastas estreantes e os "fora do eixo"
125 | À margem (II): os filmes-processo (o caso de Eduardo Coutinho)
128 | O terceiro elo do tripé: a rede de festivais de cinema
141 | O cinema de prestígio artístico e seu circuito de legitimação
150 | O que a "retomada" deixou de fora?
159 | A retomada como ruptura do modelo de ciclos
164 | Que fim teve a retomada?

171 | Referências bibliográficas

Introdução

Os anos 1990 foram um período particularmente turbulento na trajetória do cinema brasileiro. Logo no início da década, em decorrência dos atos do então presidente Fernando Collor de Mello, o cinema brasileiro esteve praticamente ameaçado em sua sobrevivência. Era um nítido contraponto à época áurea da Embrafilme, nos anos 1970, em que a participação de mercado deste setor atingiu o patamar de pouco mais de 30% (Amancio, 2000). O Brasil também passava pelo processo de redemocratização, com uma profunda mudança de suas instituições e de seus valores sociais, econômicos e políticos. Ao longo da década, o cinema brasileiro foi se recuperando, num processo em que críticos e pesquisadores comumente denominaram de "retomada do cinema brasileiro".

Assim, o "cinema da retomada" tornou-se uma expressão corrente que sintetizava os rumos da cinematografia brasileira ao longo da década de 1990, mais precisamente em sua segunda metade. Diante de um cenário da iminência de aniquilamento, agentes até então em disputa dentro do campo de forças do cinema brasileiro sentiram que era o momento de unir esforços em torno de sua própria sobrevivência. Produzia-se, desse modo, um certo sentimento de euforia, como se cada solitário filme brasileiro representasse a esperança ou o desejo de que o País voltasse a ser manifestado por meio de sua cultura. Assim, a expressão "cinema da retomada" se apresentava não por meio da defesa de um ideário estético estrito em torno de determinadas tendências estilísticas para o cinema brasileiro, mas, na verdade, surgia como a expressão de uma ampla coalização política em prol da própria ideia de cinema brasileiro. Nessa proposta inicial, a "retomada" significaria apenas a continuidade de nosso cinema, a recuperação do ritmo de produção, ou seja, seria um "termo neutro", sem se opor aos movimentos anteriores, sem nenhum ideário programático. Havia uma ideia de "totalidade" por trás da expressão "cinema da retomada", como se abarcasse todos os "cinemas brasileiros", em suas mais diferentes expressões, que não entravam em conflito mas se complementavam para formar um panorama amplo das múltiplas facetas de nossa cultura, expressando um tom otimista democratizante, aderente aos discursos do momento de redemocratização brasileira, em especial do governo Fernando Henrique Cardoso.

Ao mesmo tempo, era preciso afirmar que o cinema brasileiro embarcava em um novo momento histórico, dados os traumas do fim da Embrafilme, entre diversas acusações que desgastaram a própria imagem do cinema brasileiro ao longo dos anos 1980. O cinema brasileiro precisava se "modernizar", assim como a própria sociedade brasileira, cujo processo de redemocratização representou a ascensão de um modelo globalizante, de tendência liberal, visando à integração da economia brasileira aos rumos de um capitalismo global, em processo crescente de mundialização. Ou seja, se a "retomada" representava somente a continuidade da produção cinematográfica, era preciso, no entanto, assinalar que se entrava num novo momento, diferente do anterior, regido pela Embrafilme – ou ainda, em um "novo ciclo". O "cinema da retomada" representaria, então, o último entre os tantos ciclos que caracterizaram a escrita oficial de nossa história, definida por espasmos de descontinuidade. Esse novo momento do cinema brasileiro era aderente ao próprio novo momento do País, em torno das ideias de "transformação modernizadora", "abertura global", "dinamismo competitivo", numa ótica capitalista de democracia que, como veremos, se sustenta nos discursos de universalismo, diversidade e totalidade.

Dadas essas considerações iniciais, este estudo pretende apresentar um olhar de contexto para o cinema brasileiro dos anos 1990. No entanto, não busco aqui fornecer um amplo panorama do cinema da década passando em revista suas principais tendências, os filmes de maior destaque e seus realizadores, ou ainda, uma análise da política pública e do mercado audiovisual. Este estudo pretende fazer um recuo, para promover uma reflexão sobre a "operação historiográfica", ou, ainda, sobre a "escrita da história", usando os termos de Michel de Certeau (1982) e Hayden White (2008). Ou seja, busca-se refletir quais foram os condicionantes históricos que permitiram que a expressão "cinema da retomada" se estabelecesse com "eficácia discursiva" para se consolidar como o discurso dominante sobre as narrativas em torno do cinema brasileiro dos anos 1990.

Dessa forma, este estudo tem um desejo de história, por meio de uma meta-história. Ou seja, em vez de apresentar a história do cinema brasileiro dos anos 1990, com seus principais destaques, marcos e características gerais, pretende-se realizar uma "revisão crítica" do cinema brasileiro da década, em torno de uma reflexão sobre a expressão "cinema da retomada". Ou seja, busca-se problematizar porque a expressão tornou-se a chave elucidativa ou proposta de síntese, ou, ainda, elemento central de uma proposta de história do cinema dessa década.

Por uma perspectiva teórico-metodológica, este estudo é bastante influenciado pela chamada "new film history" (nova história do cinema)[1]. A partir de meados dos anos 1980, um conjunto de autores começou a questionar os formatos canônicos de escrita da história do cinema, que, em geral, privilegiam uma sucessão de obras de exceção ("obras-primas") e seus diretores, vistos como "autores". Ou seja, a história do cinema, geralmente escrita por críticos, tinha como base o binômio autor-obra. Os teóricos da "new film history", por sua vez, incorporaram os aportes teórico-metodológicos da chamada "nouvelle histoire", da terceira geração da Escola dos Annales[2]. Essa geração de historiadores franceses, composta por teóricos como Jacques Le Goff, George Duby, Christiane Klapisch-Zuber e Pierre Nora, entre outros, propôs uma reavaliação dos métodos historiográficos, abrindo-se para outras categorias de problemas, expandindo o campo de investigação da história dos métodos mais tradicionalistas ligados à história quantitativa e à formação de uma "história total"[3]. A "nova história" buscou superar as leituras oriundas do

---

[1] Mais detalhes sobre a "new film history" podem ser obtidos na ótima introdução de Chapman, Glancy, Harper (2007).
[2] Para uma análise mais aprofundada sobre a contribuição da Escola dos Annales, ver Burke (1992) e Dosse (2003).
[3] Ver Le Goff e Nora (1988) e Le Goff (1990).

historicismo positivista, questionando a objetividade da produção de conhecimento histórico e a produção da história com sua relação com a verdade e o real, bem como a teleologia da evolução e do progresso.

Incorporando os preceitos da "nova história" no campo dos estudos cinematográficos, a "new film history" buscou ampliar o campo da pesquisa historiográfica em cinema, incorporando os aspectos de entorno na escrita da história, como os institucionais, tecnológicos, legais, sociais, etc. Ou seja, a história do cinema deve ser escrita não somente a partir de uma sucessão de filmes e diretores, mas também deve levar em conta as transformações tecnológicas, a política pública, a crítica cinematográfica, a preservação de acervos, os festivais de cinema, a distribuição e a exibição cinematográficas, os estudos de recepção, entre muitos outros campos e variáveis que estão em direta ou indireta conexão com os filmes e as obras em si.

Em consonância com os princípios teóricos estabelecidos pela chamada "nova história", este trabalho busca refletir sobre o processo da escrita da história como uma "operação historiográfica", nos termos de Certeau (1982), ou seja, uma espécie de meta-história, em que se analisam os condicionantes históricos que permitiram que a história fosse escrita de um determinado modo, ou, ainda, como certa narrativa histórica constituiu-se como uma matriz interpretativa que adquirisse legitimidade entre seus pares para representar o discurso canônico de seu tempo.

A partir de então, fui apresentado a um leque de estudos sobre a "nova história", e também sobre a contribuição brasileira a esse campo, com as pesquisas de autores como

Sheila Schvarzman (2007) e Arthur Autran (2007), entre vários outros, acerca das relações entre história e historiografia do cinema brasileiro.

Em especial, este estudo é diretamente influenciado por dois pesquisadores brasileiros. O primeiro deles é Jean-Claude Bernardet, em especial sua *Historiografia clássica do cinema brasileiro*. Nesse livro seminal, publicado em 1995, o autor critica os esforços de periodização do cinema brasileiro em ciclos, que contribuem para a exclusão de determinados aspectos da trajetória do nosso cinema. É o que justifica a opção pelo período dos "ciclos regionais", desconsiderando outros surtos de produção que ocorrem em outros períodos. Ou ainda, concentrando-se na produção das obras ficcionais, em detrimento dos filmes de não ficção, como os cinejornais e, em especial, os de "cavação", que eram, no período, a principal fonte de realização cinematográfica.

O livro abre com uma crítica à formação dos mitos de origem do cinema brasileiro, sem que haja uma pesquisa mais acurada das fontes históricas. A escolha desse marco inaugural do cinema brasileiro teria sido o dia 19 de junho de 1898, quando Alfonso Segreto filmou a vista da Baía de Guanabara tomada do convés do navio que chegava da Europa. Estava criado, então, o mito de origem do cinema brasileiro, conforme a narrativa de Vicente de Paula Araújo (1976), reproduzida, sem grandes alterações, por autores como Paulo Emílio Salles Gomes (1980) e Jurandir Passos Noronha (1987). O gesto de Bernardet procura lançar um questionamento sobre a acuidade da observação de Araújo. Por que a origem do cinema brasileiro seria o da filmagem de uma tomada, e não o da exibição de um filme para o público, como no caso da data de dezembro de 1895 quando os Irmãos Lumière projetaram seus primeiros filmes? Será que Alfonso realmente filmou a tomada, já que não há nenhum registro de que ela foi de fato exibida?

Mais do que obter respostas, os questionamentos de Bernardet jogam luz para a meta-história, ou seja, propõem uma reflexão sobre as circunstâncias históricas que naturalizam certas asserções acerca da trajetória de nosso cinema, quando na verdade essas são conclusões construídas pelos autores que a escreveram. Ou seja, o livro de Bernardet questiona certos mitos presentes na escritura que se consolidou como canônica para representar a trajetória do cinema brasileiro. Apresenta, portanto, um olhar original em torno da historiografia do cinema brasileiro, com outros instrumentos analíticos.

Além do livro de Bernardet, minha referência mais acentuada é o brilhante trabalho de pesquisa de Julierme Morais, professor do Departamento de História da Universidade Federal de Uberlândia (UFU), por meio de suas pesquisas de mestrado e doutorado, além de livro publicado em 2019[4]. Alimentando-se do seminal campo proposto por Bernardet e pelo percurso da "nova história", Morais examinou os condicionantes históricos que permitiram que a narrativa construída por Paulo Emílio Salles Gomes se

---

[4] Ver Morais (2010, 2014, 2019). A dissertação de mestrado de Morais, defendida em 2010, foi transformada em livro em 2019. O doutorado foi defendido em 2014.

tornasse canônica para compreender a trajetória do cinema brasileiro.

O autor examina as condições históricas que motivaram uma leitura convencional da trajetória do cinema brasileiro, estabelecida por Paulo Emílio Salles Gomes, em três escritos: *Panorama do cinema brasileiro: 1896-1966* (1966), *Pequeno cinema antigo* (1969) e especialmente *Cinema: trajetória no subdesenvolvimento* (1973)[5]. Segundo Morais, a história do cinema brasileiro escrita por Paulo Emílio constituiu uma teia interpretativa com inegável "eficácia discursiva", já que se coaduna com o pensamento intelectual paulista que se desenvolve entre os anos 1930 e 1950, em que o autor conquistou respeitabilidade pelas amplas relações adquiridas, como membro da revista *Clima* e do Clube de Cinema de São Paulo, passando pela formação acadêmica na USP e o trabalho na Cinemateca Brasileira, além de sua contribuição como crítico do Suplemento Literário do jornal *O Estado de S. Paulo*. Respaldado por essa trajetória que lhe conferia um prestígio entre a intelectualidade paulista, Paulo Emílio pôde realizar uma complexa forma de síntese entre aportes teóricos e políticos a princípio contraditórios. Utilizando como base a proposta de narrativa histórica cunhada por Caio Prado Júnior, em especial em *Formação do Brasil contemporâneo* (1942), Paulo Emílio promoveu uma aproximação do nacionalismo desenvolvimentista do *Instituto Superior de Estudos Brasileiros* (ISEB) com os ideais estéticos de adesão ao

---

[5] Publicados originalmente em diferentes veículos, os três artigos foram reunidos em Gomes (1980).

cinema moderno, defendidos pelo grupo de cineastas do Cinema Novo.

A originalidade da contribuição de Morais é a de desvelar as condições históricas que sedimentaram a leitura de Paulo Emílio, formando uma teia interpretativa da trajetória do cinema brasileiro, que se apresenta até hoje como eixo central de entendimento sobre o nosso cinema. O autor irá analisar quais circunstâncias históricas tornaram possíveis que a leitura de Paulo Emílio se tornasse canônica, ou seja, como o texto possuiu uma "eficácia discursiva", em termos tanto de seus postulados metodológicos quanto de suas estratégias narrativas.

Entender os pressupostos de formação dessa leitura permite uma maior compreensão dos arranjos encontrados pelo autor para compor essa narrativa, em que algumas peças são destacadas e outras são simplesmente negligenciadas. Como exemplo, Morais aponta para uma diminuição da importância histórica, em termos críticos ou mesmo estilísticos, da chamada "chanchada" no cinema brasileiro, cujos filmes eram vistos apenas pelo sucesso comercial mas com pouca relevância histórica, crítica e criativa. Por outro lado, a base canônica da leitura de Paulo Emílio alça o Cinema Novo como verdadeiro pilar que sintetizaria os principais avanços do cinema moderno em termos mundiais. A partir dessa leitura, o Cinema Novo tornou-se a referência central e incontornável do cinema brasileiro, a partir do qual todos os demais movimentos e ciclos posteriores teriam que dialogar, aproximando-se ou mesmo se afastando dele.

Esta tese herda uma inquietação similar à de Morais, trazida para o contexto do cinema brasileiro a partir dos anos 1990. Um conjunto de circunstâncias históricas estimulou que uma leitura do período se tornasse canônica por meio da expressão "retomada do cinema brasileiro". Este estudo pretende destacar as condições históricas que levaram à formação dessa expressão, como forma de sobrevivência dos traumas recentes tanto do processo de redemocratização brasileira como do próprio cinema nacional, assolado pelo fantasma da descontinuidade. A radical ruptura promovida pelo Governo Collor enfatizou a necessidade de se recorrer à velha tradição da renovação do cinema brasileiro por meio de ciclos, que sempre funcionaram como a base da metodologia da historiografia clássica. Ainda que o termo "retomada" seja de demarcação um tanto imprecisa, apontando apenas para a continuidade da produção, e não para qualquer traço mais orgânico que aproxime esse conjunto de filmes, a ampla adesão desse termo contribuiu para a consolidação de uma "imagem" do cinema brasileiro do período. Essa "imagem" tornou-se "história", ou seja, a produção dessa teia interpretativa sobre a trajetória do cinema brasileiro a partir de meados dos anos 1990 jogou luz para um conjunto de filmes e processos, mas deixou à margem um outro conjunto de transformações que começavam a ser gestadas no cinema brasileiro do período e que desabrocharam de forma mais evidente a partir de meados dos anos 2000.

Em suma, incorporando o pensamento desses autores, uma outra forma de apresentar os desafios deste estudo é se perguntar quais foram os processos e os condicionantes históricos que tornaram possível que a expressão "cinema da retomada" passasse a ser dominante para sintetizar a trajetória do cinema brasileiro dos anos 1990. Ou ainda, que processos históricos legitimaram que a expressão "cinema da retomada" fosse incorporada na escritura institucionalizada da história do cinema brasileiro?

Assim, este estudo não oferece um panorama das tendências e características gerais do cinema brasileiro dos anos 1990, mas pretende examinar os paradoxos, as fissuras, os impasses que estão por trás da consolidação da expressão "cinema da retomada" como representativa da trajetória do cinema dessa década.

Um dos pontos de partida deste estudo, portanto, é demarcar que o "cinema da retomada" não é plenamente aderente ao cinema brasileiro dos anos 1990, ou seja, que na verdade essa expressão representou uma construção forjada, sinalizando uma apenas aparente ideia de totalidade. Busca-se, portanto, jogar luz para que a trajetória do cinema brasileiro dos anos 1990 não seja vista como mero sinônimo da ideia de "cinema da retomada". Em outras palavras, ainda que o "cinema de retomada" se apresente como uma proposta de totalidade, não manifestando um ideário estético explícito, abarcando as diversidades dos modos de fazer cinema no País, o que este trabalho busca esclarecer é que este discurso é, na verdade, mera estratégia retórica para dissimular o que na verdade se apresenta como um projeto prescritivo para o cinema brasileiro. A política pública, o jornalismo cultural e certos setores industrialistas do cinema brasileiro atuaram implicitamente para legitimar a ideia de que o "cinema da retomada" representaria não apenas a esperança de sobrevivência do cinema brasileiro, mas as ideias de democracia, diversidade e totalidade. No entanto, os paradoxos desse discurso desvelam a existência de um projeto prescritivo para o cinema brasileiro, bastante aderente às próprias transformações do Estado e da sociedade brasileira do período durante o governo Fernando Henrique Cardoso (1995-2002), em torno de tendências liberais-desenvolvimentistas cosmopolitas. Em suma, este estudo busca desvelar o projeto programático prescritivo que se esconde por trás da aparente neutralidade da expressão "cinema da retomada" e seu discurso de diversidade totalizante. Se, de um lado, essa expressão-síntese foi fundamental como elemento narrativo para a defesa da sobrevivência do cinema brasileiro do período, gravemente abalado institucionalmente, por outro lado, gerou um conjunto de apagamentos.

O discurso do "cinema da retomada" certamente foi eficaz para recobrar o cinema brasileiro do seu estado de coma induzido no início dos anos 1990. No final da década, ainda que com visíveis limitações, o cinema brasileiro encontrava-se em outro estágio em termos de seu volume de produção e de sua contribuição social, artística e econômica. No entanto, não é o objetivo desta publicação apresentar e descrever os esforços de sustentação do cinema brasileiro do período mas promover uma análise crítica da expressão "cinema da retomada". Assim, esta publicação faz questão de claramente expor seu viés intitulando-se como uma "revisão crítica do cinema da retomada". Com isso, remeto-me explicitamente ao seminal livro de Glauber Rocha, *Revisão crítica do cinema brasileiro*. Nesse livro, publicado originalmente em 1963, Glauber passa em revista uma trajetória do cinema brasileiro, mas do ponto de vista do Cinema Novo, em franco processo de formação. Ou seja, seu livro não busca promover um panorama equilibrado entre as várias tendências do cinema brasileiro, mas analisar sua trajetória história por um viés específico. Talvez essa linhagem possa contribuir para justificar a ênfase demasiado crítica em relação ao "cinema da retomada". De todo modo, cabe esclarecer que meu desejo não é, em nenhuma hipótese, simplesmente depreciar a contribuição dessa geração de agentes e realizadores nesse esforço social e político de reconstrução do cinema brasileiro, ou de desmerecer o valor estético de vários dos filmes dos anos 1990. Este livro não busca ser uma publicação sobre a história do cinema brasileiro dos anos 1990, mas um trabalho sobre historiografia, isto é, uma reflexão sobre determinados contextos e condicionantes da história. O objetivo aqui, que procurei esclarecer nessa introdução, é simplesmente ser um ponto de partida para refletir sobre o processo de escrita da história do cinema brasileiro a partir dos anos 1990, expondo os paradoxos que estruturam o "cinema da retomada" como pilar central do cinema brasileiro do período.

Os limites da noção de ciclo

Após os atos de tendência neoliberal do Governo Collor, que extinguiram todas as modalidades de apoio do Estado à produção cultural – e, com elas, a cinematográfica –, o cinema brasileiro passou, nos primeiros anos da década de 1990, por um estado de coma induzido, produzindo menos de cinco longas-metragens por ano entre 1991 e 1993. A participação de mercado do cinema brasileiro, que era de cerca de 30% em meados dos anos 1970, caiu para menos de 1%. O cinema brasileiro estava ameaçado em sua sobrevivência. A classe cinematográfica, em suas mais diferentes vertentes, se uniu para pressionar o governo a voltar a cumprir o seu papel. Em resposta, o Estado passou a reassumir o estímulo à atividade cinematográfica mas, por meio de um modelo diferente do momento anterior, já esgotado, representado pela Embrafilme. Agora, o apoio do Estado se realizava pelo fomento indireto, através de mecanismos de incentivos fiscais – a Lei Rouanet (1991) e a Lei do Audiovisual (1993) – que promoveram a aproximação das empresas produtoras com o mercado, por meio de investidores, oriundos de diversas atividades econômicas, espelhando um processo de industrialização, visando a uma reocupação do mercado interno, praticamente totalmente ocupado pelo produto estrangeiro. Já em 1995, o retumbante sucesso de *Carlota Joaquina – Princesa do Brasil*, de Carla Camurati, que, mesmo com pouquíssimos investimentos em publicidade, ultrapassou a marca de 1 milhão de espectadores nas salas de cinema, despertou a crítica para o ressurgimento da produção nacional. A partir de então, o cinema brasileiro recuperou, pouco a pouco, seu ritmo de produção, restabelecendo uma aproximação com o público que voltava a se reconhecer a partir do seu cinema, projetando sua própria identidade e a de seu país nas telas, ainda que os filmes apresentados não tivessem um ideário comum, mas que representassem a diversidade de seus modos de expressão. O sucesso desse percurso está expresso por marcos desse período, como *O quatrilho* (1995), *O que é isso, companheiro?* (1997), *Central do Brasil* (1998), *Cidade de Deus* (2003), entre outros, que aliaram elogios da crítica especializada e boas bilheterias, alavancados a partir da boa recepção em festivais e premiações internacionais, como Oscar, Berlim e Cannes.

De forma bastante reduzida, como se fosse um verbete, esses são os pilares centrais da narrativa que se consolidou como canônica sobre a trajetória do cinema brasileiro nos anos 1990, cristalizada em torno da expressão "retomada do cinema brasileiro". Consolidada pelo jornalismo cultural e pela crítica de cinema dos principais veículos midiáticos do período[6], ratificada por diversos livros e artigos publicados sobre o assunto, entre os quais podemos citar Butcher (2005) ou Oricchio (2003), e em diversas pesquisas acadêmicas de mestrado e doutorado, as análises abordam como o ritmo de produção do cinema brasileiro se restabeleceu a partir de meados dos anos 1990, recuperando-se dos traumas do Governo Collor, em torno de um novo modelo de política pública.

No entanto, o próprio termo "retomada" guarda um conjunto de contradições e lacunas. Trata-se do prosseguimento do olhar hegemônico sobre a trajetória do ci-

---

[6] Uma pesquisa sobre as matérias sobre o cinema brasileiro publicadas nos principais jornais dos anos 1990 poderia contribuir para uma análise mais rica a respeito da formação e consolidação da expressão "cinema da retomada". No entanto, não tive condições de consultar acervos para melhor fundamentar essa parte da pesquisa.

nema brasileiro, nos termos que Jean-Claude Bernardet (1995) relacionou aos procedimentos da "historiografia clássica do cinema brasileiro". Pautado por pesquisadores como Paulo Emílio Salles Gomes e Alex Viany, entre outros, envolve a periodização do nosso cinema, em ciclos de produção que iniciam e se encerram, indicando a descontinuidade e o eterno recomeço de nossa produção. Envolve, também, a tendência de escrever a história do cinema brasileiro a partir de um foco estrito na eleição de filmes representativos e de marcos míticos, concentrando-se na produção de longas-metragens, desconsiderando os demais elos da cadeia produtiva e outros aspectos institucionais, sociais e legais.

Assim, dados os fantasmas de aniquilamento do Governo Collor e os traumas da experiência prévia dos últimos anos da Embrafilme, parecia importante mostrar à sociedade que o cinema brasileiro entrava em um novo momento. Segundo os jargões da historiografia periodista, surgia, a partir dos anos 1990, um novo ciclo, denominado como "retomada do cinema brasileiro".

Autran (2010), em importante artigo em que discute questões da historiografia do cinema brasileiro, apresenta as características a respeito da ideia de ciclo. Como resposta a uma atividade marcada por momentos de crise, os ciclos representariam um elemento fundamental da sociedade brasileira, a partir da ideia de subdesenvolvimento. Como o cinema era visto como uma atividade descontínua, que não consegue se estabelecer de forma perene a partir de uma linha de continuidade, o surgimento de um "novo ciclo" representaria a esperança da superação da crise, e um recomeço a partir de um cenário de "terra arrasada". Assim, seria preciso se contrapor ao ciclo anterior para "evitar os erros do passado", e ingressar num novo momento histórico.

Os ciclos são herdados de uma tradição da literatura econômica, estabelecidos em obras como *Formação do Brasil contemporâneo* (1942), de Caio Prado Júnior, dividindo a evolução da economia brasileira em ciclos, como o do café, da cana-de-açúcar, etc. Morais (2010) mostrou como obras como a de Prado Júnior foram influências para a conformação de autores basilares da "historiografia clássica", uma vez que tanto Alex Viany (1959) quanto Salles Gomes (1980) estruturaram a trajetória histórica do cinema brasileiro a partir de sua divisão em ciclos, marcados por momentos de desenvolvimento inicial, apogeu e degeneração.

Mas, se o cinema brasileiro dos anos 1990 entrava em um novo momento, ele seria novo em relação a quê? A única resposta possível seria em relação ao "ciclo anterior", isto é, em relação ao "cinema da Embrafilme". Ou então, ao "cinema da Boca". Essa é a forma como boa parte da história tradicional representa a trajetória do cinema brasileiro nos anos 1970 e 1980.

Vejamos um pouco mais esse aparente desconforto. Segundo os preceitos cristalizados pela história tradicional, o cinema brasileiro entre os anos 1960 e os primeiros anos da década de 1970 estabeleceu-se a partir de um debate entre o "Cinema Novo" e o "Cinema Marginal". A partir de então, nos anos 1970 e 1980, houve uma certa dificuldade de estabelecer um novo ciclo conforme as tendências de periodização, já que começaram a surgir ciclos que coexistiam, não sendo necessariamente excludentes. As principais tendências dividiam-se entre "cinema da Boca" e "cinema da Embrafilme". Outro termo bastante difundido era o da "pornochanchada". No entanto, os três termos marcavam zonas de sombreamento e intercessões. Enquanto a pornochanchada referia-se a uma espécie de subgênero, como uma comédia erótica de costumes, as expressões "cinema da Boca" e "cinema da Embrafilme" não representavam uma aproximação estilística entre os filmes em si. No caso do "cinema da Boca", referia-se a filmes realizados por empresas produtoras sediadas numa região geográfica específica, a chamada "Boca do Lixo", no Centro de São Paulo, na região da Rua do Triunfo. Já a Embrafilme não se refere a uma questão estilística ou mesmo geográfica, mas simplesmente aos filmes produzidos a partir do financiamento desse órgão estatal. Ao mesmo tempo em que eram, portanto, expressões generalizantes, elas refletiam implicitamente visões distintas, e correspondiam a expressões de diferentes grupos de poder no campo difuso do cinema brasileiro. O "cinema da Boca" representava os filmes realizados com capital privado, num ritmo industrial, com forte associação dos produtores com distribuidores e exibidores locais, para produzir filmes rápidos e baratos que recuperavam seus custos na bilheteria. A grosso modo, aproximava-se, apesar de não ser propriamente coincidente, de agentes do chamado "Cinema Marginal", como Rogério Sganzerla, Ozualdo Candeias e Carlos Reichenbach, embora também agregasse uma série de outros, considerados artesãos, como Ody Fraga e Jean Garret, com um cinema mais diretamente narrativo, aparentemente de menor invenção formal. Já o "cinema da Embrafilme" representava o cinema oficial, de maior orçamento, com temas históricos e sociais mais relevantes, caracterizando especialmente o grupo do Cinema Novo carioca, particularmente a partir de 1974, quando Roberto Farias assume a direção geral da empresa.

Desse modo, numa primeira abordagem, é possível afirmar que reinava um certo clima de oposição entre "cinema da Boca" e "cinema da Embrafilme", que herdava, indiretamente, num outro contexto, certos aspectos do debate entre "Cinema Marginal" e "Cinema Novo" da década anterior. No entanto, se deixarmos os modelos abstratos e adentrarmos aos casos concretos, isto é, aos filmes diretamente realizados, iremos facilmente constatar muitas zonas de sombreamento e de superposição nessa primeira proposta de segmentação. O cinema da Boca era claramente beneficiado pela política estatal, especialmente pelo Adicional de Renda e pela Cota de Tela, para estabelecer-se como proposta de indústria autossustentável. Por outro lado, a própria Embrafilme procurou balancear a repercussão artística dos filmes investidos com uma busca por performance comercial, especialmente quando Gustavo Dahl ficou à frente da distribuidora do órgão, responsável por grandes lançamentos como *Dona Flor e seus dois maridos* (1976) ou *A dama da lotação* (1978), dois filmes que claramente incorporavam elementos associados à pornochanchadas. Ou seja, "pornochanchada", "cinema da Boca" e "cinema da Embrafilme" conviviam, aproximando-se e afastando-se, com maiores e menores tensões.

Esse breve retrospecto histórico já se revela suficiente para apontar algumas das dificuldades e das contradições das estratégias empreendidas pela historiografia tradicional ao refletir sobre o cinema brasileiro dos anos 1970 e 1980 a partir da lógica dos ciclos. De todo modo, o período foi lido a partir do domínio da Embrafilme e da presença (muitas vezes incômoda, por parte da crítica, que não raras vezes buscava vê-lo com um mal necessário) do cinema da Boca do Lixo, visto, de forma inadequada, como mero sinônimo de pornochanchadas, uma vez que sua produção era diversificada.

No entanto, no final dos anos 1980, todas as três expressões expressavam um nítido desgaste, como já examinado por um conjunto de autores[7]. Com as transformações do mercado e do consumo cinematográficos, o "cinema da Boca" passou a ter crescentes dificuldades de sustentação. As pornochanchadas transformaram-se em filmes de sexo explícito, precarizando a produção num ritmo exponencialmente crescente, de forma insustentável a médio prazo. A Embrafilme, consumida por disputas políticas e acusações de clientelismo, alimentadas por polêmicas entre cineastas e produtores que se alastravam na grande imprensa, entrava numa espiral de endividamento e de desprestígio social, não conseguindo mais manter sua trajetória agressiva de ocupação do mercado interno. Havia o sentimento de uma crise no setor cinematográfico, momento, portanto, muito adequado para o encerramento de um ciclo.

---

[7] Dentre os quais, podem ser citados Xavier, Bernardet e Pereira (1985), Gatti (1999), Silva (2001), Jorge (2002), Hingst (2013), entre outros.

Era preciso finalizar um ciclo para que começasse outro. No entanto, a própria ideia de ciclos sucessivos, de contornos estritos, a partir de categorias excludentes, já não parecia tão adequada, dada a experiência da década anterior.

A formação da expressão "retomada do cinema brasileiro" herdou parte dessas inquietações. A ideia de descontinuidade, que caracteriza a existência de um novo ciclo – com o fim do ciclo anterior e a formação de um novo, sinalizando uma ruptura em relação ao modelo precedente – ficava explícita com os atos do Governo Collor em janeiro de 1990, extinguindo os órgãos de apoio ao cinema brasileiro (o *Conselho Nacional de Cinema – Concine*, a *Fundação do Cinema Brasileiro*, e, em especial, a Embrafilme). A Boca do Lixo também vivia um momento de estagnação, dadas as dificuldades de manutenção de um modelo de produção de filmes baratos e rápidos, que se remuneravam no mercado, dadas as transformações do mercado exibidor brasileiro, com o fechamento dos cinemas de rua.

Extinta a Embrafilme num momento de crise, era preciso assinalar que o cinema brasileiro entrava em um novo ciclo, claramente distinto do período anterior. Era preciso prosseguir o modelo de política pública, baseado em recursos estatais, mas com uma nova configuração, recusando os riscos de acusação de clientelismo por parte da intervenção direta do Estado. Assim, na "retomada", o modelo das leis de incentivo representou o estímulo ao fomento indireto, recolocando a decisão de investir nas mãos de empresas (ou do mercado) em vez do próprio órgão estatal. De outro lado, era preciso reverter a imagem do cinema brasileiro como um produto precário e vulgar, associado à Boca do Lixo e à pornochanchada. Era preciso que a opinião pública (ou seja, a grande mídia) e a sociedade vissem o cinema brasileiro como uma atividade séria e respeitável, que contribuísse para a imagem de um novo Brasil, em rumos de desenvolvimento cosmopolita com o processo de redemocratização.

O ideário da "retomada" buscou reaproximar os dois pilares dos ditos ciclos anteriores – a política pública (a Embrafilme) e o contato com o público e o mercado (a Boca do Lixo e as pornochanchadas) – mas sob uma perspectiva radicalmente distinta do período anterior.

Ao mesmo tempo, houve uma característica sutil, um paradoxo apenas aparente, que marca esse momento histórico. Se era preciso alegar que o cinema brasileiro ingressava em um novo momento, rompendo o cenário de crise, era preciso ser cauteloso para afirmar que se tratava, de outro lado, de um movimento de continuidade.

Pedro Butcher (2005), em seu livro sobre o cinema brasileiro dos anos 1990/2000, assinala que a expressão "retomada" não aponta para nenhum denominador comum ou qualquer forma de totalização estética ou política mas simplesmente que se retoma algo que foi interrompido. Com isso, o autor indica que "retomada" é diferente de um "renascimento", pois representa simplesmente a continuidade de uma trajetória.

No entanto, diversos autores utilizaram o termo "renascimento" para abordar o cinema brasileiro de meados dos anos 1990. Alguns deles, inclusive, empregaram simultaneamente os dois termos, como sinônimos. É o caso de

Giovanni Ottone (2007), cujo artigo para o dossiê sobre o cinema brasileiro para a *Revista Alceu*, intitulado "O renascimento do cinema brasileiro nos anos 1990", começa justamente com a frase "A retomada do cinema brasileiro a partir de 1994 (...)" Ou, ainda, Alcides Freire Ramos (2007), que começa seu artigo com a frase "Ao longo da década de 1990, não foram poucos os que saudaram a retomada da produção" e, mais abaixo, afirma: "ao mesmo tempo em que foi festejado como uma indiscutível demonstração do renascimento do cinema entre nós".

Outros exemplos poderiam ser citados. Mas, para além de uma mera questão semântica, a diferença entre os dois termos, bem apontada por Butcher, representa algo maior: a retomada representaria simplesmente um processo de recuperação do ritmo de produção, afastando o fantasma da aniquilação diante dos atos do Governo Collor, mas que não subentende um novo começo, "partindo do zero", mas dialogando com uma tradição anterior.

Com isso, Butcher busca assinalar que, apesar da brutal descontinuidade do período entre os anos 1980 e 1990, marcada pelo fim da Embrafilme e a redução de filmes brasileiros produzidos e de sua principal fonte de financiamento, o termo "retomada" não aponta necessariamente para nada de novo, isto é, em si o termo não indica nenhum sinal de novidade ou de ruptura com a geração anterior.

Talvez seja um exagero a afirmação do autor de que esta é a primeira vez que um novo ciclo não necessariamente indica uma ruptura ou negação do passado do cinema brasileiro. Podemos citar como exemplo a pornochanchada nos anos 1970, cujo próprio termo sugere um diálogo implícito com as chanchadas dos anos 1950. E se mesmo o Cinema Novo é reconhecido por buscar se implicar como o surgimento de um novo cinema no País, atrelado aos princípios do cinema moderno, devemos nos lembrar do grande *tour de force* de Glauber Rocha em *Revisão do Cinema Brasileiro* em identificar no cinema de Humberto Mauro as raízes de brasilidade a partir das quais o Cinema Novo, ainda que com suas diferenças, irá prosseguir. O, de como o cinema da Belair, em filmes como *A família do barulho* (1970), de Júlio Bressane, irá recuperar, de forma criativa, elementos da chanchada brasileira, ainda que incorporados a um outro contexto, de radical afastamento do mercado.

De todo modo, a relativização da ideia de novidade também é a base do livro do crítico Luiz Zanin Oricchio (2003). Seu próprio título – *Cinema de novo: um balanço crítico da retomada* – surge como um trocadilho com essa expressão. Com o termo "de novo", Zanin, nessa distinção entre o advérbio e o adjetivo, parece concordar com Butcher, ao propor que o cinema dos anos 1990 representa que existe cinema brasileiro "novamente", e não que este cinema é necessariamente "novo". Ao mesmo tempo, o trocadilho "novo/de novo" acaba, indiretamente, assinalando uma espécie de referência ao Cinema Novo brasileiro dos anos 1960.

É importante percebermos essa aparente contradição no bojo da construção do conceito de "retomada". De um lado, era preciso assinalar uma ruptura com o período anterior, afirmando que o cinema brasileiro passava a viver um novo momento, superando o sentimento de crise. Mas, de outro, não havia uma novidade em si: o cinema brasileiro apenas "retomava", sem se contrapor a nenhum outro ciclo anterior, reconhecendo-se como parte de uma trajetória histórica relacionada à tradição de seu campo, e sem nenhuma característica específica, mas com uma lógica totêmica, abarcando os mais diversos tipos de expressão artística.

O contexto de crise e as transformações do mercado cinematográfico

Retomando ou renascendo, o fato é que os autores reconhecem que o cinema brasileiro dos anos 1990 se recuperou gradualmente de uma grave crise institucional, provocada pelos atos do Governo Collor. Os traumas dessa conjuntura marcaram toda a trajetória do cinema brasileiro dos anos 1990.

De tendência neoliberal, o governo de Fernando Collor de Mello (1990-1992) representava a ideia do "Estado mínimo", reduzido a suas funções essenciais na economia (segurança pública, respeito aos contratos). Já em seu primeiro mês de governo, houve uma grande onda de privatizações. A cultura – e, com ela, o cinema – seguiu a leitura desse diagnóstico, que o Estado era grande, ineficiente e corrupto, e que representava um entrave à recuperação da economia. Assim, a cultura passava a ser uma questão de mercado, com o fim do Ministério da Cultura, transformado em uma Secretaria de Governo.

No caso específico do cinema, houve o desmanche dos instrumentos de fomento e de regulação do mercado, mediante a extinção dos três órgãos que executavam a política cinematográfica do período: o Conselho Nacional do Cinema (Concine), responsável pela implementação e fiscalização do cumprimento de medidas como a Cota de Tela e o ingresso padronizado; a Fundação do Cinema Brasileiro (FCB), responsável pelos considerados aspectos culturais do cinema; e especialmente a Empresa Brasileira de Filmes (Embrafilme), uma S.A. voltada à produção e à distribuição de filmes brasileiros.

Sem o financiamento público para a produção de filmes, com o fim da Embrafilme, o cinema brasileiro esteve ameaçado em sua continuidade. Nos primeiros anos da década de 1990, menos de cinco longas-metragens por ano foram lançados comercialmente nas salas de cinema do país. Na verdade, é essa a narrativa exposta pela historiografia tradicional ao examinar os atos do Governo Collor.

A abrupta redução do lançamento de filmes brasileiros nos anos subsequentes ao fechamento da Embrafilme mostrava que o modelo de financiamento público empreendido não foi suficiente para desenvolver o mercado a ponto de torná-lo autossustentável. No entanto, apenas o fim da Embrafilme não é suficiente para explicar a drástica redução no número de filmes produzidos. Há de se lembrar que este foi o único momento na história do cinema brasileiro em que a produção dos filmes esteve em tal nível de dependência do Estado. Em boa parte dos anos 1970 e 1980, um conjunto de filmes foi realizado sem aportes diretos dos investimentos de produção da Embrafilme, como, por exemplo, os filmes da pornochanchada – apesar de indiretamente se beneficiarem de medidas como o Adicional de Renda e a Cota de Tela (Amancio, 2000). É preciso, então, compreender a conjuntura específica do cinema brasileiro do início dos anos 1990, levando-se em conta não apenas as mudanças na política pública mas também as próprias transformações do mercado cinematográfico.

O setor de exibição passou, no período, por intensas mudanças, com o contínuo fechamento dos cinemas de rua. Enquanto em 1975 havia 3.276 salas de cinema comerciais no País, em 1995 esse número havia se reduzido em dois terços, totalizando apenas 1.033 salas (Almeida e Butcher, 2003). Além disso, apesar de não haver estatísticas oficiais a respeito, estima-se que a redução no número de assentos disponíveis é ainda mais drástica, já que as novas salas de cinema eram consideravelmente menores, e outros "palácios" foram divididos em duas ou três salas. Um conjunto diverso de fatores, como a depauperação dos centros urbanos – região que tradicionalmente concentrava o maior número de salas de cinema (as chamadas "cinelândias") –, o aumento da violência urbana, a política de arrocho salarial e de inflação galopante, e a concorrência do videocassete e da televisão contribuíram para a perda de competitividade das salas de cinema de rua – muitas das quais sobreviviam apenas girando dinheiro, beneficiadas pelo lapso temporal entre o recebimento dos ingressos na boca do caixa e o posterior pagamento dos valores aos distribuidores, que permitia a aplicação dos recursos no *overnight*.

A esse cenário econômico deve-se acrescer uma questão específica do circuito cinematográfico: a flexibilização da censura e a entrada do filme de sexo explícito, a partir dos mandados de segurança que se sucederam após a liberação da exibição de *O império dos sentidos* (1976), de Nagisa Oshima, provocaram uma escalada do cinema brasileiro da Boca do Lixo e da pornochanchada em direção ao filme de sexo explícito, gerando uma deterioração do mercado, com filmes cuja produção só seria viável se fossem cada vez mais baratos e rápidos, precarizando a produção num ritmo suicida (Abreu, 2014).

A partir de meados dos anos 1980 e intensificado nos anos 1990, os cinemas de rua foram sendo substituídos pelos cinemas em *shopping centers* – grandes centros comerciais com uma concentração planejada de lojas e serviços, funcionando de forma integrada, que se tornaram uma pujante opção de entretenimento, integrando compras e lazer, a partir de conceitos como segurança, conforto, usabilidade, e serviços, como estacionamento e praça de alimentação. Embora o primeiro shopping no Brasil (o Shopping Iguatemi, em São Paulo) tenha sido construído em 1966, o setor começou a se desenvolver a partir dos anos 1980, com a construção de cerca de 40 shoppings, e especialmente nos anos 1990, com outros 170 (D´Aiuto, 2013). Nos anos 1980, começaram a ser construídos importantes centros regionais, como o Shopping Center Recife (PE), o Morumbi Shopping (SP), o Barra Shopping (RJ) e o Norte Shopping (RJ). Entre 1980 e 1989, foi inaugurado um shopping *center* a cada três meses, em média (Castello Branco *et alii*, 2007). Nesse modelo, o cinema se tornava uma das principais âncoras de um *shopping*. Além disso, as novas salas de cinema inauguradas nesses espaços apresentavam outro padrão tecnológico e de conforto (poltronas acolchoadas, ar condicionado, padrão *stadium*, novos equipamentos de projeção de imagem e som).

Paulatinamente, o mercado de exibição se atualizou com novo perfil de salas, acarretando em um preço médio do ingresso mais elevado e uma consequente elitização da frequência aos cinemas. Enquanto a base do público dos cinemas de rua era os da classe C e D, os cinemas de shopping estavam voltados para a classe A e B. No entanto, boa parte dos filmes brasileiros produzidos no final dos anos 1980 era voltada primordialmente para o consumo das classes C e D. O público elitizado dos cinemas de shopping naturalmente recusava os filmes de sexo explícito: era preciso que a produção brasileira também se sofisticasse, refletindo os valores socioculturais daquela classe. Os filmes de sexo explícito passavam a ser consumidos por meio do aluguel das fitas de videocassete, tornando o consumo deste tipo de filme na esfera privada, e não coletiva. Em termos de sua produção, distribuição e consumo, era muito mais adequado que as produções do gênero fossem destinadas ao segmento de mercado do vídeo doméstico do que o das salas de cinema.

Assim, a crise do cinema brasileiro dos anos 1990 deve ser explicada não exclusivamente com o fechamento da Embrafilme e com o fim das políticas públicas de apoio ao cinema brasileiro, mas deve ser entendida de forma mais ampla: ela também reflete as transformações do mercado cinematográfico no País, que se tornou pequeno e concentrado, reduzindo o potencial competitivo do produtor brasileiro em relação ao filme estrangeiro, cujos valores de produção eram nitidamente mais robustos e que melhor se adequavam à nova configuração do mercado de salas de exibição no período. Com o fim do financiamento público e a restrição de crédito do período, o investimento na produção cinematográfica, que sempre foi um empreendimento de alto risco, tornou-se praticamente inviável.

Ademais, a crise do cinema brasileiro a partir do fechamento da Embrafilme em 1990 teria levado à imediata redução nos lançamentos de filmes brasileiros nos cinemas, chegando a menos de cinco títulos por ano, o que levaria a uma ameaça de sobrevivência da própria atividade cinematográfica. Os ingressos vendidos para filmes brasileiros no período entre 1991-1993 abrangeram menos de 1% de participação de mercado (Almeida e Butcher, 2003).

No entanto, esses números não contabilizam o lançamento de filmes de sexo explícito, que ainda permaneciam sendo produzidos nesse período. A importante catalogação apresentada por Gardnier *et alii* (2001)[8] relata que foram lançadas 31 obras pornográficas em 1990 e 25 filmes no ano seguinte. Por que essas obras foram simplesmente ignoradas e não foram incluídas nos relatórios oficiais ou nos textos jornalísticos da época? Certamente porque não representavam o cinema brasileiro do momento – não se integravam ao esforço de construir uma cinematografia madura e respeitável. Eram uma vergonha[9]: era preciso

---

[8] Os dados sobre os filmes pornográficos lançados no início dos anos 1990 foram apresentados no catálogo da Mostra *Cinema Brasileiro Anos 90: 9 Questões* (Gardnier *et alii*, 2001) e posteriormente compilados por Caetano (2007a).

[9] Com o termo "vergonha", busco dialogar com o gesto de Remier Lion, ao

esquecê-las. Ainda: era preciso criar o mito da ameaça do fim do cinema nacional. Com o encerramento das atividades do Concine em 1990, não existiam números oficiais sobre o mercado cinematográfico brasileiro, em termos do número de filmes lançados e sua performance de bilheteria. Assim, o número escasso de títulos e da participação de mercado foi adequadamente manipulado para aprofundar a sensação de crise, como parte de um esforço político em viabilizar o retorno das políticas públicas de apoio ao cinema brasileiro. Por outro lado, era nítido que a exibição de obras cinematográficas pornográficas em salas de cinema não se sustentaria por muito mais tempo, seja pelo fechamento dos cinemas de rua, seja por sua substituição por um modelo de produção e de distribuição tipicamente associado ao homevideo.

Se o "ciclo anterior" (a Embrafilme) era definido a partir de uma política cinematográfica estabelecida por um órgão estatal, ainda que os filmes produzidos segundo esse regime não apresentassem qualquer ideia de unidade, e ainda que outros filmes no período tenham sido realizados à margem do modelo estatal, o "novo ciclo" também passaria a ser definido a partir de uma nova configuração das políticas públicas para o setor da produção cinema-

---

organizar a mostra *Cinema brasileiro – a vergonha de uma nação*, usando um trocadilho com subtítulo brasileiro de *Scarface* (1932). Nessa mostra, na versão da Cinemateca Brasileira em dezembro de 2004, Remier exibiu 35 filmes brasileiros realizados entre 1950 e 1983, geralmente invisibilizados pela crítica e pela história hegemônicas do cinema brasileiro. Remier busca revalorizar filmes considerados "vergonhosos" por não possuírem aderência aos discursos canônicos de construção da trajetória do cinema nacional. Ver Lima (2004).

tográfica. A "retomada do cinema brasileiro" acabou diretamente se associando ao novo modelo de financiamento dos filmes nacionais: as leis de incentivo fiscais. Pois, se a produção cinematográfica do País nos anos 1990 "renasceu" ou "retomou", o principal fator explicativo que alavancou a aparição do novo ciclo foi o estabelecimento de uma nova política pública para o setor. Ou seja, a retomada do cinema representa a retomada do apoio do Estado. Ou mais propriamente, o retorno do investimento público na produção de longas-metragens. Para que o Estado brasileiro voltasse à cena, era preciso difundir a crença de que, sem ele, não haveria mais cinema no País.

O fracasso de *Cinderela Baiana* como sintoma

Para compreender o cenário do cinema brasileiro no início dos anos 1990, é preciso levar em conta não somente o fim das políticas públicas de fomento mas as próprias transformações do mercado audiovisual brasileiro. Para exemplificar essas mudanças, vale citar, como exemplo, o caso do retumbante fracasso da comédia musical *Cinderela Baiana*.

Cinderela Baiana virou uma espécie de filme *cult* uma década após seu lançamento comercial em 1998, sendo incluído em diversas listas entre os piores filmes brasileiros de todos os tempos. No entanto, foi realizado por uma equipe extremamente experiente, liderada por Antonio Polo Galante, um dos maiores produtores brasileiros da geração da Boca do Lixo.

Cinderela Baiana é uma cinebiografia de Carla Perez, dançarina do *É o Tchan*. Como já se expressa em seu título, a proposta é mostrar como uma menina pobre do interior da Bahia dribla as dificuldades e atinge uma posição de estrelato. A produção foi desenhada para atrair a plateia infanto-juvenil, na linha de filmes de celebridades, como os estrelados por Sérgio Mallandro e Fausto Silva no início dos anos 1990 (*Sonho de Verão* [1990] e *Inspetor Faustão e o Mallandro* [1991]). Entre os títulos dessa espécie de subgênero, o maior sucesso foi *Lua de Cristal* (1989), com mais de 4 milhões de espectadores, o que tornou Xuxa Meneghel um dos principais veículos de bilheteria do cinema brasileiro na década de 1990, como veremos mais adiante, conjuntamente com os filmes de *Os Trapalhões*, campeões de bilheteria do cinema brasileiro desde os anos 1970[10].

O objetivo desta seção não é analisar o filme em termos de seus atributos estéticos, mas sugerir que seu fracasso comercial é um sintoma do esgotamento de um modelo de produção típico dos moldes da Boca do Lixo. Pois ainda que se considere que *Cinderela Baiana* é um filme abaixo da crítica[11], em termos de roteiro e dramaturgia, ele não era muito diferente do perfil de alguns outros filmes dos anos 1980 com um resultado comercial muito mais expressivo. Ou seja, o enorme fracasso desta produção deve ser

---

[10] Os três filmes citados foram produzidos por Diler Trindade, o maior produtor em termos de sucessos de bilheteria na retomada, entre o final dos anos 1990 e meados dos anos 2000. Falaremos mais adiante das semelhanças e diferenças entre os modelos de produção de Galante e Diler.

[11] Para uma visão diferenciada sobre o filme e seus possíveis atributos estéticos, ver o texto de Lécio Augusto Ramos na *Revista Contracampo* (Ramos, 2006).

compreendido considerando as mudanças no contexto da exibição cinematográfica nos anos 1990. Quando o filme estreou em 1998, o perfil do mercado exibidor não era mais o dos anos 1980, com a realização de filmes rápidos e baratos, que estreavam nas salas de cinema de rua, atingindo principalmente o público da classe média baixa (o que hoje corresponderia à classe C), especialmente nos bairros de periferia das grandes cidades ou nos centros das metrópoles (as "cinelândias"). Já no final dos anos 1990, o mercado exibidor passava a se concentrar nos *shopping centers*, cujo público rejeitou os valores de produção de *Cinderela Baiana*, com quem não mais se identificava.

Cinderela Baiana representou o fim do modelo de produção da Boca, um cinema precário realizado de forma barata e rápida, que funcionou devido à combinação entre a Cota de Tela e o Adicional de Renda da Embrafilme e com adesão ao mercado de exibição, voltado ao cinema de rua, com ingressos baratos, de perfil popular. Com o término das políticas da Embrafilme e com as transformações do mercado exibidor, agora centrados no *multiplex* e no *shopping center*, houve a elitização da frequência ao cinema. Ortiz Ramos (1997) identifica no modelo de produção da Boca certos resquícios do "cinema de cavação", onde o diretor-roteirista busca, de forma improvisada, junto ao produtor, a realização de seu filme, nas condições precárias possíveis. Agora, no cenário dos anos 1990, em que o País embarcava nos rumos do desenvolvimento de abertura ao capital estrangeiro, num discurso de modernização, um filme como *Cinderela Baiana* não tinha mais os requisitos desse "novo Brasil", seja em seu modo de produção seja em sua relação com o público. Como Ortiz Ramos (*op. cit*, p. 106) destaca, os anos 1990 denotam "o fim das empreitadas com tinturas aventurescas", mas sua substituição pela "era do profissionalismo". De outro lado, o filme não foi bancado com recursos fiscais, mas realizado aos moldes dos anos 1980: o produtor conseguia o financiamento da forma possível e lançava rapidamente no mercado. No entanto, com o dramático fechamento dos cinemas de rua, o mercado se tornou rapidamente pequeno e concentrado, abarcado pelas *majors*[12]. Os cinemas nos shoppings não abarcavam o perfil do público do filme, mais destinado a uma classe C, que se refugiava na televisão ou, no máximo, no videocassete.

O fracasso de *Cinderela Baiana* se justifica porque era um filme dos anos 1980 lançado nos anos 1990. Com a elitização do mercado cinematográfico, o aumento dos custos e a redução do número de salas, não era mais possível realizar filmes baratos e precários como *Cinderela Baiana*. Era preciso realizar obras com um maior esforço de produção. Para tanto, com custos mais elevados e um mercado exibidor pequeno e concentrado, tornava-se quase imprescindível o apoio do Estado.

---

[12] São denominadas de *majors* o oligopólio global que domina as receitas do mercado audiovisual a nível mundial, com origem no modelo de estúdios hollywoodianos estruturado na década de 1920, mas que assumiu configurações mais complexas a partir dos anos 1990 com a formação de grandes conglomerados transnacionais. Atualmente (em janeiro de 2021, após o processo de aquisição da Fox pela Disney), é possível afirmar que as *majors* se expressam nas *"Big Five"*: Universal (NBC Universal Comcast), Paramount (Viacom/ National Amusements), Warner (Warner AT&T), Disney (Walt Disney Company) e Sony (Sony Columbia). Para mais detalhes sobre os processos de dominação das *majors*, ver McDonald e Wasko (2008).

Assim, o fracasso de *Cinderela Baiana* não deve ser visto apenas um exemplo isolado, típico da imprevisibilidade do mercado cinematográfico, em sua característica de produção de bens de protótipo de altíssimo risco, mas como um sintoma do fim de uma era, ou seja, da impossibilidade da manutenção do modelo de produção cinematográfica brasileira em padrões industriais, pelo menos segundo os moldes típicos dos anos 1980.

O papel central do Estado: o modelo de incentivos fiscais

A base, portanto, de todas as histórias sobre a retomada do cinema brasileiro em meados dos anos 1990 é a recuperação da política pública de financiamento aos filmes brasileiros. Não se podia falar em cinema nacional sem deixar de citar o Estado e o mercado.

A reconstrução das políticas de apoio ao cinema brasileiro a partir dos anos 1990 foi empreendida segundo um novo modelo[13]. O governo de Itamar Franco e, em seguida, o governo de Fernando Henrique Cardoso, ofereceram um recuo, uma espécie de entremeio entre posições conflitantes. Voltava a participação do Estado, mas de forma moderada, discreta. Era nítida a crise do Estado interven-

---

[13] Para um aprofundamento do modelo de política pública implementado a partir da retomada, escrevi um livro baseado em minha dissertação de mestrado (Ikeda, 2015). Outros autores, como Marson (2009) e Bahia (2012), também analisaram o período a partir da relação entre Estado e Cinema.

cionista dos anos 1970, refletida, no caso do cinema brasileiro, na Embrafilme, uma empresa que diretamente intervinha no domínio econômico, produzindo e distribuindo filmes, possuindo participação acionária nos direitos das obras realizadas. Por outro lado, tampouco a solução era o modelo neoliberal do Estado mínimo do Governo Collor, em que o Estado se afastava completamente do processo econômico. Houve, portanto, já a partir do governo Itamar Franco, no restabelecimento do Ministério da Cultura, uma solução intermediária, vista, em sua excelência, na aprovação da Lei n° 8.313/1991, também conhecida como Lei Rouanet. Ainda que a Lei preveja uma complementaridade entre três modalidades de apoio, a forma mais desenvolvida foi o incentivo a projetos culturais, ou ainda, o mecenato privado. Em outros termos, a Lei Rouanet inaugurou um novo modelo hegemônico de financiamento aos projetos culturais, baseado na renúncia fiscal.

Nesse modelo, o papel do Estado não é o de aportar diretamente os valores nos projetos culturais incentivados pelo órgão público, mas simplesmente autorizar a captação de recursos, fiscalizando o cumprimento das obrigações legais e a correta aplicação dos recursos no projeto cultural realizado. Uma vez aprovado pelo Ministério da Cultura, o produtor do projeto cultural (também chamado de proponente) deve realizar a captação de recursos, por meio de possíveis incentivadores, patrocinadores ou doadores, pessoas físicas ou jurídicas, que aportam valores na conta específica do projeto cultural, mediante o abatimento parcial ou integral desses recursos em suas declarações anuais do imposto de renda. Dessa forma, a decisão da escolha do projeto a ser viabilizado é do incentivador, e não do Estado, mas este indiretamente arca com os custos, por meio de uma renúncia do imposto de renda que teria a receber desse agente.

Esse novo modelo de participação indireta do Estado estimula a aproximação das empresas produtoras de cinema com os incentivadores privados. O objetivo é uma política industrialista, visando à realização de sucessos de bilheteria, aumentando a participação de mercado do filme brasileiro. O pressuposto desse modelo é que os agentes incentivadores passariam a escolher projetos de alta expectativa de retorno comercial, a fim de conferir maior visibilidade às suas marcas. O incentivo, como ação de patrocínio, seria uma típica ação de marketing cultural: as empresas investiriam em filmes de bilheteria que acrescentariam valor às suas empresas, cujas logomarcas estariam impressas nos créditos iniciais do filme e em todo o seu material promocional (cartaz, *trailer*, *banner*, etc.).

Aprovada em dezembro de 1991, a Lei Rouanet não produziu resultados imediatos para o cinema brasileiro. O montante de recursos para a realização de um filme é bem mais elevado e seu prazo de execução mais longo que a média dos demais setores culturais. Assim, o setor audiovisual pressionou o governo a aprovar uma medida específica para o setor cinematográfico: a Lei 8.685/1993, também conhecida como "Lei do Audiovisual". A legislação específica para o setor comprova o poder político da classe audiovisual, já que os demais setores da cultura até hoje não contam com uma lei própria. O mecanismo de incentivo fiscal estabelecido no Art. 1º da Lei do Audiovisual funciona por meio de renúncia fiscal do imposto de renda, aos moldes da Lei Rouanet. No entanto, dada a urgência da aprovação da Lei, para recobrar o cinema brasileiro de uma situação de coma induzido, como já comentamos, a Lei foi criada com uma distorção: o percentual de dedução no imposto de renda dos valores aportados é superior a 100%, ou seja, a renúncia fiscal é superior ao valor efetivamente aportado pelo investidor e, além disso, um percentual das receitas de comercialização da obra é destinado ao investidor. Essa nítida distorção fez com que o investimento pela Lei do Audiovisual fosse muito mais vantajoso economicamente em relação ao pela Lei Rouanet, beneficiando o cinema brasileiro em relação aos demais ramos de atividade artística. Ou seja, o abatimento fiscal era maior para o investidor de um filme comercial como *Xuxa e os Duendes* (2001) do que para um espetáculo de dança contemporânea ou uma exposição de arte popular, com muito menores possibilidades de retorno comercial.

Esse modelo de política pública privilegiava, portanto, uma visão do cinema como um produto comercial, visando à realização de sucessos de bilheteria que aumentasse a participação de mercado do filme brasileiro. O modelo de captação de recursos estimulou o ingresso na atividade cinematográfica de agentes ligados à publicidade, que já tinham uma relação direta com grandes empresas privadas como clientes. Empresas como a Conspiração Filmes (RJ) e a O2 Filmes (SP) estabeleceram-se como uma das principais empresas produtoras do período. No entanto, as premissas desse modelo acabaram não se concretizando na prática. A decisão de investir muitas vezes partia dos departamentos de marketing das empresas, que tinham pouco conhecimento do funcionamento do negócio audiovisual, e se detinham em aspectos como a escolha do elenco para pautar seus investimentos. O modelo, excessivamente concentrado no fomento à produção de longas-metragens, desconsiderando as sinergias entre os demais elos da cadeia produtiva (a distribuição e a exibição) e os demais segmentos de mercado (em especial a televisão), se não foi totalmente bem-sucedido, aumentou consideravelmente o número de filmes realizados e recuperou a participação de mercado do cinema brasileiro para um patamar em torno de 10% no final dos anos 1990.

Carlota Joaquina e o mito de origem

No entanto, no início dos anos 1990, o panorama era francamente desanimador. As mudanças do mercado cinematográfico e o fim da política estatal transformaram radicalmente a cena do cinema brasileiro, passando a sensação de "terra arrasada". Assim, os primeiros filmes que começavam a surgir por meio dos novos mecanismos de incentivo despertaram uma reação dúbia da imprensa e dos críticos locais. Por um lado, havia uma imagem negativa do cinema nacional na imprensa brasileira, herdada da fase final da Embrafilme em que pipocavam acusações de clientelismo e má gestão na aplicação dos recursos pela estatal. Assim, diz-se que Collor apenas jogou "a pá de cal" na empresa, não despertando qualquer reação mais incisiva de defesa da Embrafilme na grande imprensa local (Lopes, 2001). De outro lado, dado o pequeno número de títulos não pornográficos produzidos, cada novo filme brasileiro lançado era visto como um ato heroico de resistência, encorajado por certa fração da imprensa. Do cenário de terra arrasada, surgiu um sentimento de que cada novo filme era o guardião da necessidade de existência do cinema nacional.

Era preciso um mito de origem, um exemplo de sucesso que fundasse a esperança no processo da retomada do cinema – um filme que assinalasse a reconciliação entre os cineastas, os críticos e o público. Em 1994, o quadro do início da década já começava a mudar. Dois veteranos cineastas ligados ao Cinema Novo voltavam a lançar filmes: *A terceira margem do Rio*, de Nelson Pereira dos Santos, e *Veja esta canção*, de Cacá Diegues. Além desses, Carlos Reichenbach apresenta um de seus melhores filmes: *Alma corsária*. O ano também foi de *Lamarca*, de Sergio Rezende, que atingiu o expressivo número de 300 mil espectadores em seu lançamento comercial.

Mas o filme que reuniria as condições para ser elencado como representante desse mito de origem viria apenas no ano seguinte. Era *Carlota Joaquina*, título de estreia da atriz Carla Camurati que, de forma inesperada, dado o contexto do cinema brasileiro da época, superou o patamar de 1 milhão de ingressos vendidos. A boa repercussão do filme, ou ainda, a sua aceitação como formação desse "mito de origem" está na habilidade da diretora em conjugar duas características típicas do cinema que estava por vir: uma proposta de comunicabilidade com um público mais amplo deveria estar aliada a uma maior sofisticação de estilo em relação às comédias populares das décadas de 1970 e 1980. O diálogo com o público está claro pelos próprios resultados de bilheteria do filme, muito superiores a todas as expectativas, inclusive da própria diretora-produtora. Para isso, Camurati utilizou elementos narrativos que ligam o filme a uma tradição da comédia popular brasileira, com códigos narrativos e visuais que inclusive o aproximam das chanchadas, como, por exemplo, no uso da paródia e da caricatura na representação dos personagens. Trata-se de uma "farsa histórica", um deboche sobre as elites políticas (a Família Real) que formaram a nação brasileira. No entanto, se o filme apresenta um tom de comédia rasgada, ele ao mesmo tempo se afasta do clima de total precariedade técnica de boa parte do cinema popular dos anos 1980. Era um filme adequado ao "bom gosto" da classe média brasileira, sem nudez, palavrões ou pornografia – a principal acusação, em tom moralista, contra a suposta vulgaridade do cinema brasileiro do período anterior.

Mas o principal elemento que alçou o filme a essa condição surge de seu inesperado sucesso de bilheteria. Era o princípio da esperança que o cinema brasileiro voltasse a dialogar com um público mais amplo. Boa parte da narrativa sobre a trajetória do filme relata seu desempenho comercial não apenas como inesperado mas como um verdadeiro milagre. O filme estreou com uma única cópia em uma pequena sala de cinema do "circuito de arte" na Zona Sul do Rio de Janeiro, no Shopping da Gávea. Camurati, produtora e diretora, não teve a típica intermediação de uma distribuidora, mas procurou diretamente o gerente do cinema e negociou ela mesma o seu lançamento. Com o encerramento das atividades da distribuidora da Embrafilme, a única distribuidora exclusiva de filmes brasileiros em atividade era a RioFilme, que sofria as dificuldades de um órgão estatal municipal para ter a estrutura operacional necessária para a ágil atividade de distribuição. Assim, Camurati, sem orçamento de comercialização, resolveu ela mesma exercer a distribuição de seu filme. Como *Carlota Joaquina* era o único filme brasileiro em cartaz naquele momento e beneficiado pela popularidade de Camurati como renomada atriz, houve, de forma espontânea, um maior espaço na mídia para o filme.

Mas, como uma produção que estreia com uma única cópia, em uma única sala de cinema, chega à impressionante marca de 1,3 milhão de espectadores? Não é apenas pelo "boca a boca", como boa parte das narrativas nos contam, como se refletisse o milagre da multiplicação dos pães. Mattos (2005), em entrevista com a diretora, explica o milagre: Severiano Ribeiro Neto, o maior exibidor carioca, ao perceber o potencial de público do filme como uma comédia brasileira, procurou Carla Camurati e propôs o lançamento da obra em sua rede de cinemas. Dessa forma, o filme expandiu seu circuito para doze salas, apenas no Rio de Janeiro, e, em seguida, foi distribuído em outros estados – mantido por diversas semanas em cartaz, pois o próprio exibidor também era remunerado como distribuidor e beneficiado por ser o único filme brasileiro em circulação. É a partir da estratégica aliança com o Grupo Severiano Ribeiro, então maior grupo exibidor do País, num período que antecede o domínio dos *multiplexes* estrangeiros, que é possível entender o "milagre" do número de ingressos vendidos por *Carlota Joaquina*.

Por esses dados, é possível ver que o protótipo do "cinema da retomada" não era um padrão a ser seguido, mas uma exceção. O filme não apresentou um planejamento estratégico para se tornar um produto competitivo, num mercado cada vez mais concentrado. As obras seguintes de Carla Camurati, como *La Serva Padrona* (1998), *Copacabana* (2001), ou mesmo *Irma Vap – o retorno* (2006), ficaram longe de apresentar a mesma repercussão em termos críticos e de público.

O incentivo do jornalismo cultural

Apesar de o cinema brasileiro começar a apresentar sinais de recuperação no ano de 1994, como vimos, ainda persistia uma certa desconfiança. Em 1995, *Carlota Joaquina* estabeleceu as condições para que se tornasse um mito de origem. É como se "o patinho feio virasse príncipe" e inaugurasse a possibilidade de criação de "um novo ciclo virtuoso" na trajetória do cinema brasileiro: a própria ideia de "retomada".

O jornalismo cultural[14], em especial as matérias, reportagens e críticas de cinema publicadas nos principais

---

[14] Ao utilizar a expressão "jornalismo cultural", refiro-me às transformações nas matérias e nos cadernos de Cultura dos principais veículos midiáticos que, especialmente a partir dos anos 1980, passaram a privilegiar a cobertura de eventos e espetáculos como recomendação de entretenimento para o fim de semana, considerando a Cultura primordialmente como um bem de consumo, acarretando na redução dos espaços para a reflexão em prol do consumo de massa e do entretenimento. Assim, o espaço originalmente destinado à crítica de cinema passou a ser substituído pela crítica-ícone (bonequinhos, estrelinhas), ocupado por jornalistas muitas vezes sem atuação específica em Cinema, mas que deveriam cobrir os mais diversos campos culturais. A esse respeito, ver Carreiro (2003) e Piza (2004).

veículos de imprensa, liderados pelo jornal impresso, se tornou uma das principais bases de sustentação dessa nova relação em torno do cinema brasileiro.

Luiz Joaquim (2019) analisou as críticas de cinema publicadas em três diferentes jornais – *Folha de São Paulo*, *Jornal do Commercio* (PE) e *Zero Hora* (RS) – sobre três diferentes filmes brasileiros: *Carlota Joaquina*, *Central do Brasil* e *Cidade de Deus*.

Joaquim apresenta como, na ocasião do lançamento de *Carlota Joaquina*, ainda havia certa desconfiança da crítica em relação ao cinema brasileiro. É de se notar que, nos anos 1980, a grande imprensa havia sido muito crítica da Embrafilme, em acusações de clientelismo, e na vulgarização do cinema brasileiro, com o avanço das pornochanchadas.

Apesar das desconfianças de alguns veículos, Joaquim conclui que houve uma mudança de paradigma: o jornalismo cultural sentiu que era preciso defender *Carlota Joaquina* como se representasse uma defesa do próprio cinema brasileiro, quase como uma espécie em extinção.

Assim, é curioso perceber que as críticas de *Carlota Joaquina* pouco se concentraram na análise fílmica em si, isto é, nos elementos internos ao filme. Boa parte dos textos elogiou o lançamento de Camurati pela possibilidade de o cinema nacional finalmente voltar às telas com maior visibilidade e reconquistar o público. Ou seja, havia muito tempo que um filme brasileiro não era lançado para atingir tal grau de visibilidade. Assim, o jornalismo cultural partiu para uma defesa da obra, menos pelo grau de originalidade estética mas mais por um sentimento político em relação ao próprio cinema nacional. Ou seja, *Carlota* contribuiu para reverter os ressentimentos entre a crítica de cinema dos veículos hegemônicos e o cinema brasileiro.

Desse modo, a maior parte das críticas publicadas citava a inesperada reação positiva do público. Isto foi possível porque o filme foi lançado em plataforma. A partir do surpreendente lançamento em uma única sala de cinema do Rio de Janeiro, o filme foi alcançando outros mercados. Assim, a crítica se ancorava na boa aceitação do público em sua cidade de origem. Dessa forma, *Carlota Joaquina* já marca um novo momento do jornalismo cultural na relação com o cinema brasileiro da retomada: a ênfase em um foco mercadológico, isto é, na reconciliação do cinema brasileiro com seu público, em detrimento de uma maior análise dos aspectos estilísticos.

Essas mudanças são, por outro lado, aderentes a uma própria transformação da crítica cinematográfica nos grandes veículos midiáticos. Os jornais também passaram por grandes transformações ao longo das décadas de 1980 e 1990. Os cadernos de Cultura deixaram de ser locais de reflexão mais aprofundada sobre as obras artísticas e se tornaram cadernos de entretenimento, cuja função principal não era a reflexão mas a de indicar eventos para o espectador pra a diversão do fim de semana. Assim, aspectos ligados à publicidade contaminaram a crítica cultural, que tenderam mais a agradar ao público leitor[15].

---

[15] A dissertação de mestrado de Rodrigo Carreiro (2003) analisa esse cenário de transformações da crítica cinematográfica com o jornalismo cultural, especialmente a partir dos anos 1980.

Em outro trabalho de pesquisa, Flávio Reis (2016) também analisa a recepção de filmes brasileiros do início da retomada a partir de matérias e críticas publicadas em alguns dos principais jornais e revistas do País, como a *Folha de São Paulo*, o *Jornal do Brasil* e a revista *Veja*.

Ao analisar o caso de *Terra Estrangeira* (1995), de Walter Salles e Daniela Thomas, Reis assinala que, uma vez que existiam poucos filmes brasileiros filmados ou lançados no período, o espaço fornecido ao cinema brasileiro era generoso nesses veículos, com a publicação de matérias anteriores ao lançamento da obra, que já geravam no leitor uma expectativa quanto àquela produção. Assim, em *Terra Estrangeira*, o *Jornal do Brasil* já havia publicado reportagens e entrevistas com os realizadores mesmo antes da finalização do filme. Além disso, Reis assinala que houve uma ênfase nas exibições e premiações no exterior para conferir legitimidade ao filme, antes mesmo da chegada ao Brasil. Um exemplo pode ser visto nesse trecho de matéria de Bourrier, no *Jornal do Brasil*, em 1995:

> A crítica francesa está entusiasmada e saudou *Terra Estrangeira* como "a prova do renascimento do cinema no Brasil". Marie Pierre Macia, diretora dos Encontros de Internacionais de Cinema, em Paris, também não esconde a satisfação, porque o filme de Walter Salles lotou as três sessões, sendo o maior êxito de bilheteria da mostra, da qual fazem parte diretores do calibre do americano Abel Ferrara (*The Adiction*) e João César Monteiro, de Portugal (A *Comédia de Deus*) (Bourrier, 1995).

As ideias de renascimento do cinema brasileiro, busca do mercado externo e reencontro com o público se expressam aqui com perfeição. A crítica, portanto, se concentra mais no impacto do filme do que propriamente uma análise de seus elementos internos.

Em outro texto publicado no *Jornal do Brasil*, Anabela Paiva (1995) chega a reproduzir um trecho de uma crítica elogiosa publicada na revista norte-americana *Variety* para legitimar o filme. Já na *Folha de São Paulo*, o experiente crítico Inácio Araújo assinala o reencontro entre a crítica e o público com um gracejo "se alguém dissesse, há alguns anos, que crítica e público concordariam em matéria de filme brasileiro, ia parecer piada". (apud Reis *op. cit.*)

Reis destaca como o *Jornal do Brasil*, mesmo antes do lançamento do filme, já havia realizado matérias sobre as filmagens, sobre as estreias nos festivais internacionais, algumas de página inteira, cedendo amplo espaço ao longa-metragem. A crítica em si, escrita por Carlos Alberto Mattos, apenas foi "a cereja do bolo" de uma cobertura bem mais ampla ao filme. Reis também destaca uma nota da colunista Danusa Leão, que ilustra bem como não somente a crítica de cinema mas, de forma ampliada, o próprio jornalismo cultural do período reagiu aos primeiros filmes de meados dos anos 1990: como se fossem verdadeiros emblemas de resistência a favor da cultura brasileira.

> Um viva para o nosso cinema, que sobreviveu à todas as tentativas de assassinato cultural e renasce melhor que nunca este fim de ano como *O quatrilho*, *Terra estrangeira* e *Cinema de Lágrimas* – de Fábio Barreto, Wal-

ter Salles Jr. e Nelson Pereira dos Santos. Viva o cinema brasileiro! Viva! (Leão, 1995).

O "cinema da retomada" e a formação de um ideário prescritivo

Com a implementação de um novo modelo de política pública e a inesperada repercussão de um filme que serviu como como protótipo de um modelo de sucesso, surgiram as condições para expressar o ideário de um novo momento na trajetória do cinema brasileiro, representado por meio da expressão "cinema da retomada".

Era preciso assinalar que o cinema brasileiro estava emergindo de um momento de crise, voltando a florescer. O jornalismo cultural, que havia criticado duramente os filmes brasileiros e o perfil de financiamento da Embrafilme nos anos 1980, agora se voltava a favor dos primeiros filmes realizados naquele momento. Em comum a esses discursos, pairava uma ideia de "diversidade". Não havia um ideário estilístico que reunisse o conjunto dessas obras. A suposta ideia de diversidade combinava com uma impressão de liberdade que se conjugava com o momento de redemocratização da sociedade brasileira, e dos ideários políticos que se aproximavam do liberalismo.

De fato, ao analisarmos a produção de filmes dos anos 1990, encontraremos um amplo leque de temas, métodos, opções estilísticas e referências múltiplas. No contexto das publicações que abordam o cinema brasileiro do período, cabe destaque ao livro de Lúcia Nagib (2002) pela originalidade de sua metodologia. Em vez de propor uma história em torno dos marcos do período, a autora colheu depoimentos de noventa cineastas brasileiros que dirigiram filmes de longa-metragem lançados comercialmente entre 1994 e 1998. Assim, temos acesso à ampla diversidade de pontos de vista e dos processos de produção e de distribuição dos filmes. Na introdução do livro, escrita por Nagib como uma compilação de seus resultados, a autora aponta para a enorme diversidade entre os noventa realizadores, que envolve veteranos e estreantes, egressos do Cinema Novo e da publicidade, oriundos de diversas regiões geográficas para além do eixo Rio-São Paulo, realizadores de documentários experimentais e de ficções de nítido apelo comercial, filmes contemporâneos e filmes históricos, entre outros.

No entanto, a afirmação dessa suposta diversidade encobria, na verdade, a construção de uma narrativa que privilegiava certos princípios de base em torno dos marcos históricos do cinema brasileiro do período. Houve, por meio de uma aliança implícita entre o jornalismo cultural e a política pública, um movimento de criação de uma narrativa histórica, traduzida pela expressão "cinema da retomada", para representar a trajetória do cinema brasileiro do período. No entanto, como demonstrou Nagib em seu livro de entrevistas, o cinema brasileiro da segunda metade dos anos 1990 foi muito mais plural e diverso do que representou o ideário estrito do chamado "cinema da retomada". Ou seja, o "cinema da retomada" é uma construção forjada que representa um desejo de parte de setores hegemônicos, em torno de um projeto prescritivo para o cinema brasileiro do período.

Procuro, portanto, apontar que o cinema brasileiro dos anos 1990 não deve ser visto como mero equivalente da ideia de "cinema da retomada". Ou ainda, busco indicar os condicionantes históricos que permitiram que o ideário de base do "cinema da retomada" ganhasse, adaptando a expressão de Julierme Morais utilizada em outro contexto, "eficácia discursiva" para traduzir a trajetória do cinema brasileiro dos anos 1990.

É preciso entender a construção da ideia de "cinema da retomada" a partir dos traumas do cinema brasileiro do período anterior – da derrocada do projeto da Embrafilme e da ameaça de sobrevivência com os atos do Governo Collor. Com as mudanças do mercado cinematográfico, tornando-se pequeno e concentrado, o cinema brasileiro dependia do apoio do Estado. Para tanto, era preciso justificar para a sociedade a importância da sobrevivência do cinema brasileiro, mas em torno de um novo modelo que o diferenciasse do ciclo anterior, incorporando o cinema em um projeto mais amplo de modernização da sociedade brasileira.

Ou seja, o "cinema da retomada" constituiu um projeto, no campo do cinema, aderente a um programa de governo de tendência liberal, em torno das ideias de modernização, reforma administrativa, desenvolvimento e abertura comercial. Ou seja, ainda que incorporando os traumas específicos da sua recente trajetória e as singularidades do campo cinematográfico, a ideia de "cinema da retomada" possui correspondência com um projeto maior de transformação da própria sociedade brasileira, após a redemocratização, em torno de um projeto de maior inclinação do modelo liberal, adequando-se aos rumos de um capitalismo empresarial global, que afetou diversos setores da economia e também a reforma da administração pública.

Desse modo, elenco cinco linhas gerais em torno das quais se cunhou o projeto prescritivo do "cinema da retomada":

- projeto industrialista, com foco mercadológico (estímulo à planificação dos processos produtivos por uma estrutura empresarial sólida: organização produtiva do setor, "profissionalismo", aperfeiçoamento técnico e tecnológico, geração de emprego e renda);
- abordagem de temas de relevância social apresentando-se como responsável (em oposição à "vulgarização da pornochanchada", expor os temas da identidade nacional, em torno de uma reflexão sobre nosso país e nossa sociedade);
- apresentação de uma relação de ancoragem a partir de uma filiação a uma tradição do cinema brasileiro, em especial o Cinema Novo (a história como patrimônio);
- reconexão do cinema brasileiro com seu público (atrair o interesse de uma audiência por meio de modelos de comunicabilidade);
- expressão das transformações de uma sociedade contemporânea (um cinema internacional, conectado com os movimentos globais).

O modelo de participação do Estado no fomento às obras audiovisuais pavimentou o caminho prescritivo do "cinema da retomada", visto que os projetos que mais se adequavam aos seus princípios tinham maior probabilidade de receberem financiamentos. De forma complementar, o jornalismo cultural nos principais veículos midiáticos possuiu um papel fundamental em consolidar os valores do "cinema da retomada", corroborando uma narrativa histórica em torno do sucesso de alguns filmes de exceção que se tornaram marcos do período. Desse modo, o ideário do "cinema da retomada" foi consolidado por meio de uma associação implícita entre a política pública e o jornalismo cultural.

As "reformas modernizadoras" dos governos FHC

Para melhor compreender as transformações do cinema brasileiro a partir dos anos 1990, é preciso inseri-las num amplo contexto de mudanças da sociedade brasileira, a partir da redemocratização, em seus aspectos políticos, econômicos e sociais.

Com a redemocratização, logo no início dos anos 1990, o Governo Collor implementou uma política aos moldes neoliberais. Conforme o ideário do Consenso de Washington, a proposta era formular um rigoroso ajuste fiscal e controle das contas públicas, reduzindo ao máximo o tamanho do Estado, limitado às suas atividades mais fundamentais, como segurança pública e respeito aos contratos.

No entanto, uma política indiscriminada de abertura comercial e de confisco das poupanças privadas acarretou numa grande recessão econômica e ainda assim se revelou insuficiente para o controle do processo inflacionário, resultando no *impeachment* do presidente Collor.

Após o interregno pacificador de Itamar Franco, as duas gestões do Governo Fernando Henrique Cardoso (FHC) deram continuidade ao movimento de abertura liberal do Governo Collor, mas sem promover um desequilíbrio tão radical entre Estado e mercado. O Governo FHC não buscava a total supressão do Estado na economia, mas previa um papel mais ativo em favor das empresas privadas. O Estado não deveria ser completamente eliminado do processo, mas seu papel não era mais o de prover diretamente as atividades econômicas, e, sim, o de controlar os excessos ou as distorções da atuação do mercado.

De todo modo, essas transformações representavam a crise do Estado interventor, cujas origens no Brasil remetem à Era Vargas. Especialmente a partir da crise do petróleo na década de 1970, os Estados nacionais, em especial na América Latina, apresentaram um descontrole fiscal, aumento das dívidas interna e externa e explosão do processo inflacionário. O Estado, inchado e endividado, não conseguia realizar os investimentos necessários para a modernização dos serviços, em especial dos setores de infraestrutura.

O ressurgimento do ideário liberal na América Latina dos anos 1990, em parte, responde a esse cenário de crise institucional. De outro modo, trata-se de uma adaptação às transformações do capitalismo global, especialmente a partir do impacto das novas tecnologias de informação e comunicação. A revolução digital, os avanços da microeletrônica e a difusão da Internet aceleraram os fluxos de comunicação em escala global conduzindo o capitalismo a uma etapa de acumulação flexível.

O Brasil dos anos 1990 se integrou a esse cenário de transformações a nível global. Os "países em desenvolvimento" passaram a ser considerados "países emergentes", adaptando-se ao contexto de integração dos entes locais aos novos rumos da economia mundial. Nesse sentido, o Brasil passou por grandes transformações – não só a nível político, com a redemocratização, mas também a nível econômico, social e cultural.

A redemocratização e a estabilização inflacionária levaram ao País a um certo sentimento de euforia. Assim, os governos FHC empreenderam um conjunto de "reformas modernizadoras" para adequar o País aos novos rumos da economia mundial. Outrora fechado, devido ao Regime Militar, o Brasil buscava se abrir à participação do capital privado nacional e estrangeiro, a fim de ampliar suas estruturas de base. Desse modo, a abertura comercial representava um ímpeto modernizador, associado a um discurso de reforma institucional[16].

Dessa forma, os governos FHC prosseguiram a abertura comercial e os processos de privatização de empresas estatais do Governo Collor, além de promover outras mu-

---

[16] Para mais detalhes sobre as reformas empreendidas no Governo FHC e sua aderência às tendências globalizantes, ver, entre outros, Sallum Jr. (1999) e Gennari (2001).

danças, como o Plano Diretor da Reforma do Aparelho do Estado.

Esses movimentos também tiveram ressonâncias na área cultural. Renato Ortiz (1994) defende que, nos anos 1990, presenciamos um movimento de mundialização da Cultura. As relações entre a cultura local e a global se tornaram mais complexas, com um intenso fluxo de negociações, mas de forma que as culturas locais passaram a se integrar ao movimento global.

Essas transformações atingiram, em primeiro lugar, a política pública para o cinema brasileiro. O modelo de leis de incentivo fiscal, em que empresas aportam recursos em projetos por meio de renúncia fiscal, e a criação da Agência Nacional do Cinema (Ancine) como uma agência reguladora, típico órgão de perfil intermediador criado no governo FHC, são os mais típicos exemplos de como esse novo papel do Estado no Governo FHC marcou a política pública para o cinema brasileiro.

No entanto, os efeitos apresentaram-se arraigados de forma ampla no cinema brasileiro no período, para além do papel do Estado. Veremos a seguir como, de várias maneiras, o ideário do "cinema da retomada" foi aderente ao projeto de "transformações modernizadoras" dos governos FHC. Esse projeto não era neoliberal em termos estritos, mas uma espécie de um liberal-desenvolvimentismo, uma centro-direita, uma vez que a presença do Estado-nação continuava viva, mas integrada ao contexto de integração aos rumos da economia mundial. O "cinema da retomada" privilegiava obras que inserissem o cinema brasileiro no mercado internacional, num contexto de trocas transnacionais, ou ainda, como parte de um *world cinema*, sintetizado na fórmula "tema nacional, estética universal". O "equilíbrio conciliatório", como veremos, foi uma faceta desse complexo processo de interpenetração do local com o global, uma espécie de negociação, dadas as singularidades do contexto específico do cinema brasileiro e seus traumas recentes, entre o projeto de desenvolvimento cosmopolita do cinema brasileiro e a defesa de uma certa tradição do setor herdada do Cinema Novo, como forma de reflexão sobre o contexto sociopolítico do País.

O mito da diversidade como projeto totalizante

Por outro lado, o "cinema da retomada" também era uma "expressão guarda-chuva", dentro da qual cabia tudo. Para que a ideia de "retomada" ganhasse eficácia discursiva, era preciso cunhá-la a partir da ideia de diversidade. Com a redemocratização, era como se o cinema brasileiro pudesse ser finalmente livre para fazer o que quisesse, sem aderir a modismos, escolas ou tendências preestabelecidas. Era comum afirmar que, "no cinema da retomada, cabia desde os filmes produzidos por Diler (os da Xuxa e Renato Aragão) até os filmes de Júlio Bressane".

É preciso, então, perceber como essa suposta diversidade é ilusória, ou melhor, como a diversidade foi utilizada como discurso para legitimar a existência de um cinema aderente aos padrões socioeconômicos hegemônicos da sociedade brasileira dos anos 1990: um cinema confortável, de bom gosto, de padrões técnicos, estéticos e políticos de aderência ao seu momento histórico de transformações da sociedade brasileira, estimulada pelas reformas do Governo FHC.

Assim, para aqueles que pudessem acusar o "cinema da retomada" de meramente aderente ao mercado ou aos valores burgueses — um cinema domesticado pelos padrões culturais de uma classe média sem grandes conflitos, ou ainda um "cinema chapa-branca", bancado pelas grandes empresas em torno do *star system* e do marketing cultural — seria possível retrucar que havia filmes como os de Tata Amaral, Cláudio Assis, Beto Brant e Lírio Ferreira; que nunca houve tantos estreantes realizando seus primeiros filmes; e que nunca se filmou tanto fora do eixo Rio-São Paulo, ou que também havia documentários que abordavam questões graves e delicadas da estrutura social brasileira.

Ora, poderiam alguns argumentar, segundo os itens elencados nessas últimas linhas, não seria, portanto, possível afirmar que o cinema da retomada foi, de fato, diverso?

A diversidade se transformou em um discurso de ancoragem para promover uma visão sobre o cinema brasileiro em torno das ideias de democracia e universalidade. Para compreender esse fenômeno de forma mais ampla, é preciso considerar como a ideia de diversidade foi incorporada ao jargão do capitalismo pós-industrial contemporâneo. Renato Ortiz, em seu livro *Universalismo e diversidade* (2015), analisa como a ideia de diversidade contribuiu para a distinção das antigas dicotomias entre o global e o local. A princípio, o processo de globalização, intensificado a partir dos anos 1990 com os impactos tecnológicos, em especial da Internet, contribuiu para uma tendência de homogeneização. No entanto, Ortiz observa que os mercados logo perceberam que a homogeneização não representava a reprodução da lógica de consumo de massa, em que o mesmo produto poderia ser replicado para todos os públicos e países, sem distinção. Não se trata mais do "mesmo produto para todos": os mercados passaram a adaptar os produtos para atingirem maior adesão de diferentes públicos. Assim, passava-se a impressão de que o consumidor teria maior liberdade de escolha e mais opções específicas. No entanto, o que Ortiz aponta é que os mercados se moldaram para considerar que o global e o local, ou ainda, o homogêneo e o heterogêneo não sejam conceitos opostos, mas integrados a uma lógica complementar. Assim, o mundo passou a ser "um conjunto diversificado de segmentos". A segmentação abriria o mercado para compartimentos afins, que podem ser trabalhados em sua especificidade e sua transnacionalidade. Assim, o local não entra em conflito com o global, porque existe no interior deste, ou seja, o local passa a ter uma lógica aderente ao global, atraindo diferentes nichos.

 O local, portanto, não está fora do contexto do mercado global, mas é incorporado à sua lógica. Ortiz considera que o mercado possui uma lógica totêmica, pois abarca tudo, moldando-se aos diferentes contextos, flexível o suficiente para aderir ao que poderia ser considerado oposto. Dessa forma, o projeto da diversidade está intimamente associado a uma ideia de totalidade. É curioso pensar na proximidade de dois conceitos a princípio tão distintos: "diversidade" e "totalidade". Nesse sentido, a expressão "cinema da retomada" teria o mesmo sentido totalizante das ideias de "nação" ou "identidade nacional". Se "Cinema Novo" ou "Cinema Marginal" eram expressões voltadas a determinados títulos e autores, em torno de um conjunto de elementos estilísticos, éticos e políticos em comum – ainda que não raras vezes de difícil circunscrição, como todo movimento social –, essas expressões eram claramente um recorte, que não esgotava todo o cinema brasileiro realizado nos anos 1960 ou 1970. Existiam filmes e cineastas que certamente não poderiam ser enquadrados nessas expressões.

Já em torno da expressão "cinema da retomada" havia um projeto de diversidade como uma estratégia política para unir os agentes do cinema brasileiro como projeto de cinema-nação. Ou, ainda, dados os traumas do Governo Collor, era preciso que todo o cinema brasileiro encampasse um projeto para sua sobrevivência, uma espécie de projeto "guarda-chuva" que, por trás do manto da diversidade, pudesse incorporar as diferenças em torno de um discurso totalizante, que incorporasse tudo: o "cinema da retomada" era o próprio cinema brasileiro.

Dessa forma, cunhou-se a ideia de que o "cinema da retomada" não pressupunha um projeto estilístico, mas que cabiam todos os cinemas brasileiros dentro do rótulo da retomada. Assim, segundo essa proposta inicial, a retomada não significou um projeto programático mas a mera continuidade das atividades cinematográficas que estavam paralisadas desde os atos do Governo Collor. O "cinema da retomada" não expressaria, portanto, um projeto de cinema, mas simplesmente a sobrevivência do cinema nacional. No entanto, o que busco demonstrar é que, por trás das ideias de "diversidade" e "totalidade", formulou-se na verdade um projeto programático para o cinema brasileiro, aderente às transformações do Estado brasileiro em meados dos anos 1990, durante o Governo FHC.

Comentamos anteriormente como o jornalismo cultural foi um importante instrumento de legitimação da ideia da "retomada" como símbolo de um novo momento do cinema brasileiro. Um exemplo está nessa matéria de Nelson Jobim, publicada no *Jornal do Brasil* em fevereiro de 1998, pegando o gancho da premiação de *Central do Brasil* em Berlim para reproduzir o trecho de uma conversa com o cineasta Sérgio Rezende:

> Ao chegar de Berlim, onde *Central do Brasil* de Walter Salles foi aplaudido, e ainda com a indicação de *O que é isso, companheiro?* para o Oscar de Melhor Filme Estrangeiro, Sérgio Rezende está convencido de que o momento é bom para o cinema brasileiro: "Existem gerações diferentes convivendo criativamente. Quando o Cinema Novo surgiu, abafou, por exemplo, o cinema que era feito na Vera Cruz. Os caras que vinham antes pararam de fazer cinema. O Cinema Novo se impôs e passou a ser a linha dominante do cinema brasileiro. Hoje há uma geração intermediária [...]. Há, ao mesmo tempo, uma geração novíssima, que está começando e também os veteranos que continuam produzindo [...]. Todas as gerações estão traba-

lhando. Não precisa mais uma geração surgir e parar a anterior. O cinema brasileiro é uma sorveteria, tem vários sabores. Não adianta fazer uma sorveteria que só tenha chocolate" (Jobim, 1998).

Diante da ameaça de aniquilamento, o cinema brasileiro se une em torno do coro "cinema da retomada", em defesa do cinema brasileiro como emblema de nossa cultura, afirmando o passado de nosso cinema como tradição e patrimônio. Assim, não há espaços para disputas de poder, e sim de união para a sobrevivência: nesse cinema "de todos os sabores", há espaço para todos. É importante percebermos, portanto, como esse ideário da "diversidade" e da "totalidade" é bastante aderente à ideologia da democracia liberal. A relação entre o cinema brasileiro e a sorveteria tem uma clara alusão ao gosto do público e à segmentação dos mercados.

O epítome: *Central do Brasil*

O discurso oficial sobre a trajetória do cinema brasileiro de meados dos anos 1990 e início dos anos 2000 se estruturou a partir da repercussão de alguns filmes-marco, que estabeleceram um forte vínculo entre a sua repercussão crítica e sua performance comercial. Ou seja, esses títulos podem ser vistos como exemplos fortes que corroboram a importância social do cinema brasileiro, como se "prestassem contas" para o Estado e para a sociedade dos recursos públicos investidos na atividade, comprovando que essas políticas – e por consequência esse cinema – devem permanecer existindo.

Assim, os indicadores de sucesso desse cinema se realizam nessa aliança entre crítica e público, ou, ainda, entre repercussão artística e desempenho comercial. No entanto, o principal parâmetro encontrado para avaliar a contribuição artística, mais do que a própria crítica de cinema brasileira, residiu na seleção ou premiação das obras brasileiras nos festivais de cinema de prestígio no exterior, especialmente no Oscar ou em Cannes, Veneza e Berlim. Em meados dos anos 1990, no início do período da retomada, a indicação ao Oscar de Melhor Filme Estrangeiro de dois filmes produzidos por Luiz Carlos e Lucy Barreto (*O quatrilho*, de Fábio Barreto, e *O que é isso, companheiro?*, de Bruno Barreto) aumentaram a autoestima do cinema brasileiro. Os nomes de Walter Salles, Fernando Meirelles e José Padilha passaram a se destacar nas narrativas do período pela consagração em festivais como Berlim e Cannes. *Central do Brasil* (Urso de Ouro, em Berlim, em 1998), *Cidade de Deus* (exibido em Cannes, em 2002, e indicado ao Oscar em quatro categorias – Melhor Direção, Roteiro Adaptado, Fotografia e Montagem), e *Tropa de Elite* (Urso de Ouro em Berlim em 2008) são exemplos típicos de três produções cinematográficas que aliaram repercussão crítica, obtida a partir da exibição em festivais internacionais, com a performance comercial dos filmes, todos acima de 1 milhão de ingressos vendidos nas salas de cinema do País.

Central do Brasil é o epítome do "cinema da retomada".[17] Terceiro longa-metragem de Walter Salles, recebeu consagração da crítica nacional e internacional, a partir do Urso de Ouro no Festival de Berlim de 1998 e com a indicação a dois Oscars: Melhor Filme Estrangeiro e Melhor Atriz. Além da indicação ao Oscar, Fernanda Montenegro recebeu também o Urso de Prata de Melhor Atriz no Festival de Berlim. O longa ainda foi contemplado com o Globo de Ouro de Melhor Filme Estrangeiro.

Desde o desenvolvimento do projeto, *Central do Brasil* já contou com um planejamento para sua inserção no mercado internacional. O filme é uma coprodução internacional entre Brasil e França. O roteiro foi contemplado com o prêmio do Instituto Sundance/NHK, concedido anualmente para quatro roteiros, um para cada área geográfica, entre os Estados Unidos, Japão, Europa e América Latina.

Os produtores franceses (Mact Productions) conseguiram o financiamento pelo Canal Plus, Ministérios da Cultura e das Relações Exteriores da França e a distribuidora espanhola Sogepaq.

A entrada no mercado norte-americano e as indicações ao Oscar e ao Globo de Ouro foram intermediadas pelo produtor Arthur Cohn, que já havia produzido filmes vencedores do Oscar de Melhor Filme Estrangeiro, como *O jardim dos Finzi-Contini* (Vittorio de Sica, 1970), *Preto e branco em cores* (Jean-Jacques Annaud, 1976) e *Fora de controle* (Richard Dembo, 1984), além de outras três estatue-

---

[17] Alguns autores já apontaram o filme como um marco ou um filme-síntese do percurso da retomada, como Nagib (2002, p.16) e Prysthon (2002).

tas por Melhor Documentário de Longa-Metragem. Os direitos para o mercado norte-americano foram adquiridos pela Sony Classics Pictures. Segundo o Box Office Mojo, o filme está entre as cinquenta maiores bilheterias da Sony Classics no mercado norte-americano, arrecadando, nesse mercado, cerca de US$ 6 milhões.

No caso brasileiro, o filme contou com incentivos do Ministério da Cultura, por meio da Lei Rouanet, da Prefeitura do Rio de Janeiro, pela Riofilme, e pela Prefeitura do Estado de São Paulo (Lei 10.923/90).

Esses dados comprovam que *Central do Brasil* foi projetado, desde o seu roteiro, para sua inserção no mercado internacional, contando com coprodutores europeus e americanos, tendo sua legitimação artística no Festival de Berlim e no Oscar, como plataforma de lançamento nos mercados europeu e norte-americano. A projeção no concorrido mercado norte-americano foi costurada desde a premiação do roteiro pelo Instituto Sundance, passando pela exibição no festival norte-americano em janeiro de 1998, antes mesmo do Festival de Berlim. Na exibição em Sundance, os direitos internacionais do filme foram disputados entre as gigantes Sony e Miramax. Os direitos acabaram repartidos por mercado: a Sony Classics ficou com os Estados Unidos e Canadá, e a Miramax, por meio da Buena Vista – por sua vez, uma subsidiária da Disney – com a Europa e América Latina (Gatti, 2010).

Quando *Central do Brasil* estreou no Brasil, em abril de 1998, já veio legitimado pela trajetória internacional, com a exibição e premiação em festivais de prestígio, e as ótimas críticas na imprensa europeia. O potencial de público da obra parecia ser evidente. Assim, a Riofilme, empresa distribuidora do filme, se associou ao Grupo Severiano Ribeiro (SRD) para ampliar a ação do seu circuito. A estratégia de lançamento foi liderada por Bruno Wainer, que adiou o lançamento do título de janeiro para abril, realizando parcerias com a televisão e uma intensa campanha de pré-estreias em diversas praças no País. Antes mesmo de seu lançamento em abril, o filme já havia sido visto por cerca de 50 mil espectadores. Com o lançamento comercial, houve um crescimento no circuito exibidor até atingir 70 salas, simultaneamente. No ano seguinte, com as indicações ao Oscar, o filme foi relançado no mercado de salas, atingindo, ao total dos dois lançamentos, a impressionante marca de 1,6 milhão de espectadores.

Além de seu robusto planejamento financeiro e comercial, a dramaturgia de *Central do Brasil* apresentava elementos para cativar plateias no País e no exterior. O filme promove o encontro inesperado entre Dora (Fernanda Montenegro) e o menino Josué (o estreante Vinicius de Oliveira, selecionado em teste entre mais de 1.500 meninos) na Estação Central do Brasil, no Rio de Janeiro, quando a mãe de Josué requer os serviços de Dora para que escreva uma carta para seus familiares no Nordeste. A trágica morte da mãe faz com que Dora se torne uma espécie de protetora de Josué, entregue à própria sorte. O encontro com Josué produz uma transformação em Dora, um tanto endurecida por sua rotina diária na metrópole. Ela decide deixar o emprego e levar Josué de volta para o Nordeste, para reencontrar seus familiares. Apesar de Dora realizar um conjunto de ações mesquinhas – não envia as cartas pelo correio, para ficar com o dinheiro da postagem; tenta vender Josué para uma rede de tráfico de crianças, etc. – a personagem acaba sendo o protótipo de heroína, não por vocação mas pelas circunstâncias.

A odisseia humana, que envolve identificação e transformação entre os personagens, se expressa por meio de um périplo geográfico, quando, por meio terrestre, Dora e Josué atravessam todo o interior do Brasil em direção ao Nordeste. A travessia existencial tem um paralelo religioso: Dora precisa expurgar os seus pecados por meio do sacrifício, e será finalmente purificada numa grande procissão religiosa, no coração do Nordeste. À medida que os personagens percorrem a estrada, vemos uma paisagem interior que escapa do contexto urbano. Assim, o humanismo de Walter Salles tangencia uma abordagem social sobre a identidade de um país, mostrando exemplos de pessoas comuns que lutam pelo seu dia a dia, tentando superar as adversidades. Por esse prisma, *Central do Brasil* foi comparado, especialmente na imprensa europeia, com elementos do Cinema Novo brasileiro. Há um traço documental quando o filme revela uma curiosidade em perscrutar o modo de vida, a paisagem e a fisionomia dos habitantes locais. Logo em sua sequência inicial, na Estação Central do Brasil, vemos primeiríssimos planos de pessoas comuns, claramente atores não profissionais, que ditam suas cartas para Dora. No entanto, ao contrário dos principais filmes do Cinema Novo, não há propriamente um retrato político das agruras da região: não há propriamente miséria, ou ainda, os pobres nordestinos não são vistos como oprimidos, ou como representantes de classe.

Existem em sua condição humana – o filme propõe uma leitura dos dramas individuais. O drama de Josué e de sua mãe é apenas um entre as centenas de cartas redigidas por Dora, perdido entre o incessante trânsito de pessoas na maior estação de trem do País. No entanto, a chave da narrativa sempre é a da redenção pessoal, e não a da conscientização coletiva.

As estratégias narrativas, visando à transparência e a personagens de direta identificação, conferem a *Central do Brasil* um desejo de comunicabilidade que o aproxima do melodrama (Nogueira, 2000). O contato entre Dora e Josué espelha um encontro entre o Nordeste e o Sudeste, mas esse encontro não promove atritos mas tende a uma reconciliação. O filme promove uma volta às origens, com um reencontro com um Nordeste mítico e sereno, com um contexto socioeconômico de dificuldades, mas permanecendo como um espaço de afetividade, de uma vida simples e digna, estando ausentes quaisquer embates sobre o poder ou, por exemplo, sobre a posse da terra e da força de trabalho (Marinho, 2013). Prysthon (2002, p. 73) destaca que "a identidade nacional veiculada em *Central do Brasil* tem forte inclinação para o clichê, como instrumento para a conquista dos mercados internacionais".

Central do Brasil apresenta uma proposta coerente de um cinema internacional, mas não meramente pela presença de personagens estrangeiros, representados por atores do *star system* internacional. Utilizando elementos tipicamente brasileiros, o filme consegue sua inserção internacional por meio de uma narrativa ficcional universalizante, que expõe questões específicas da paisagem social brasileira mas de forma a atenuar seus conflitos inerentes, revestindo-os na forma de um melodrama, tendendo à reconciliação. Ainda, o projeto comercial do filme foi estruturado por meio de um específico desenho de produção que já previa sua inserção internacional, por meio de uma coprodução internacional, com parcerias decisivas entre produtores norte-americanos e europeus, planejada desde a fase de roteiro. A conjunção de todos esses elementos transformou *Central do Brasil* num sucesso artístico e comercial, como um produto comercializado em boa parte dos países de todo o mundo, ou seja, um filme brasileiro se tornou um produto global.

Os paradoxos da leitura oficial

A história canônica do período, no entanto, não aborda os meandros e os paradoxos desse processo de construção da ideia de "cinema da retomada". Luiz Zanin Oricchio, crítico de cinema do jornal *O Estado de S. Paulo*, escreveu um livro sobre a trajetória do cinema brasileiro do período. Em sua introdução, ele já abre afirmando que "este livro é uma tentativa de interpretação de conjunto da produção recente de longas-metragens no Brasil." (Oricchio, 2003, p. 21). Assim, sua publicação se desvia das condições de contexto, e narra uma história construída pelos principais filmes do período.

Apesar de reconhecer a heterogeneidade da produção da época e abordar um amplo conjunto de filmes, o livro de Oricchio está envolvido em uma análise de como os filmes brasileiros do período refletem as condições sociais do País.

> Bem ou mal, debruçou-se sobre temas como o abismo de classes que compõe o perfil da sociedade brasileira, tentou compreender a história do País e examinou os impasses da modernidade e da estrutura das grandes cidades (*ibidem*, p. 32).

Mesmo a ampla diversidade das produções seria um sintoma da situação social de seu tempo.

> Essa variedade da oferta, que não é apenas de gêneros, mas de estilos, pode ser entendida de outra forma. Ela refletiria também a típica fragmentação mental do homem dos anos 1990. Com o chamado "fim das utopias", cada qual se sentiu liberado para estabelecer a própria agenda de prioridades (*ibidem*, p. 30).

Na busca de uma unidade para abordar a ampla relação de filmes do período, o autor busca então no contexto social uma chave metodológica. O cinema brasileiro dos anos 1990 meramente "reflete" as transformações da sociedade brasileira no período. Assim, Oricchio divide em capítulos, segundo a abordagem dos filmes caracterizados como temas "a representação da História", "Eu e o outro" (a relação do cinema brasileiro com o estrangeiro), "o sertão e a favela", "classes em choque", "a arte da violência", etc.

Mas, se considerarmos o cinema brasileiro dos anos 1970 e 1980, e seus cerca de 100 longas-metragens lançados comercialmente por ano, não seria também possível encontrar, dadas as suas singularidades, uma ideia de diversidade e uma relação com o próprio contexto sociopolítico do País?

É o que propõe o documentário de Fernanda Pessoa, *Histórias que nosso cinema (não) contava* (2017). Esse filme de arquivo, realizado exclusivamente a partir da montagem de cenas de filmes brasileiros populares entre os anos 1970 e 1980, sem qualquer outra interferência da realizadora para além do corte seco (ou seja, sem narração, sem letreiros, etc.), nos faz reavaliar a imagem hegemônica construída sobre o cinema do período, como meras pornochanchadas sem conteúdo político relevante, supostamente alienando o público espectador das condições do nosso País. Mesmo com a censura, o incrível trabalho de pesquisa e montagem do documentário de Fernanda nos surpreende por revelar como nesses filmes subsiste um conjunto negligenciado de elementos dispersos, aparentemente pouco perceptíveis, que apresentavam um olhar crítico em relação ao contexto sociocultural de sua época, desvelando outras camadas sobre essas obras para além do olhar impresso pela história canônica.

Mas, para Oricchio, com a redemocratização, o cinema brasileiro dos anos 1990 voltava a falar sobre o País, como elemento-chave de sua criação. "Enfim, o cinema nacional voltou a se preocupar com o tema da identidade nacional". (*ibidem*, p. 33). Ou, ainda:

> [...] o cinema que se fez no Brasil do começo dos anos 1990 até agora [início dos anos 2000] retoma a linha evolutiva de uma tradi-

> ção. Sabe, consciente ou inconscientemente, que tem um passado com que dialogar. [...] É com a própria tradição do cinema brasileiro que os filmes contemporâneos devem se relacionar, mesmo que seja um diálogo áspero, em especial com aquela fase já chamada de "superego" do cinema nacional, o Cinema Novo (ibidem, p. 33).

Mais adiante, o autor prossegue:

> Mas, enfim, por mais criticado e problemático que seja, o Cinema Novo tem sido considerado a fase áurea da produção nacional, com o qual todo aspirante a cineasta se sente obrigado a medir forças, seja assumindo sua influência, seja enfrentando-o, renegando-o ou mesmo denegando-o, no sentido psicanalítico do termo – isto é, fazendo de conta que não existiu (ibidem, p. 34).

Ou seja, ainda que se destaque a ampla diversidade de temas e abordagens do cinema brasileiro do período, Oricchio forja uma chave comparativa com o Cinema Novo, assumido como uma referência solar em torno da qual todo o cinema brasileiro posterior deve gravitar, como planetas que orbitam em torno de sua força centrípeta. Como já dissemos, a ideia do Cinema Novo como pilar central da trajetória do cinema brasileiro guarda herança direta da base canônica da "historiografia clássica do cinema brasileiro". A referência ao contexto social de um país, com a ideia de uma "identidade nacional" e a referência ao Cinema Novo parecem ser, segundo nossa leitura, duas formas de ancorar o cinema do período a uma chave elucidativa, ou seja, a condensar a diversidade dos filmes a uma narrativa hegemônica, que ponha em destaque a importância cultural do nosso cinema em relação à sociedade, conferindo-lhe um *status* de respeitabilidade.

A tentativa de classificação de Oricchio nos faz compreender também as lacunas que suas opções deixam a descoberto, ou seja, como sua metodologia acaba por destacar alguns filmes como exemplos sintomáticos, deixando de lado outras obras. Assim, Oricchio aborda apenas de passagem a obra de Júlio Bressane, apesar de ter realizado nada menos que cinco longas-metragens entre 1995 e 2003 (*O mandarim, Miramar, São Jerônimo, Dias de Nietzsche em Turim* e *Filme de amor*). A exclusão da filmografia do veterano realizador ocorre especialmente porque o cineasta se afasta da leitura social da realidade brasileira produzida de maneira direta, aos moldes do Cinema Novo. Por que excluir filmes como *O mandarim* (sobre o poeta Mário Reis) e *São Jerônimo* do conjunto de obras cinematográficas dos anos 1990 que buscam uma representação da História? Ou *Filme de amor* dos que abordam as "relações privadas", que têm como tema central "a intimidade ou os relacionamentos amorosos ou familiares"? Ora, porque o lacônico *São Jerônimo* não é *Guerra de Canudos*. Porque o primeiro não apresenta uma visão totalizante da História, e sim uma visão em fragmentos, mais próxima dos princípios da "nova História" e do cinema contemporâneo. Ou ainda, porque *Filme de amor* não é um *Pequeno dicionário amoroso*, recusando qualquer aderência ao cinema de gênero ou ao intimismo psicológico da transparência e da identificação do espectador com os personagens pequeno-burgueses. Ou seja, no cinema (inclassificável) de Bressane, as relações entre o indivíduo e a sociedade, ou ainda, entre o cinema e sua tradição são apenas sugeridas, de modo que a narrativa ou a psicologia dos personagens não podem ser entendidas como chaves reveladoras de um contexto, mas que são pontos de partida para um mergulho não raras vezes em espiral, quando o cinema "inventa" mundos possíveis, e não simplesmente o reflete, como um espelho.

Ignorar a notável trajetória de Júlio Bressane num panorama do cinema brasileiro dos anos 1990 – até pelo expressivo conjunto de filmes realizados e pela carreira histórica do realizador – é um dos mais notáveis exemplos de como as narrativas historiográficas do período não conseguiram observar outros movimentos, que escapem do ideário da retomada para se aproximar de outras formas de dramaturgia, mais próximas do cinema de fluxo e das estéticas contemporâneas. No gesto solitário mas persistente desse cineasta singular, que aparentemente parece pouco ecoar, é que entendemos já estarem presentes as sementes de outros movimentos no cinema brasileiro (o chamado "novíssimo cinema brasileiro") que irão desabrochar apenas na década de 2010. Falaremos mais sobre isso nas seções finais deste livro.

Central do Brasil ou *Tudo é Brasil?*

Um breve exemplo pode ser elucidativo de como a ideia de "cinema da retomada" contribuiu para privilegiar uma certa narrativa excludente do que foi o cinema brasileiro dos anos 1990, e o papel da crítica cinematográfica em corroborar essa trajetória. É preciso, então, perceber o que foi deixado de fora, o que foi excluído da trajetória do cinema brasileiro com a construção dessa expressão.

A *Revista Contracampo*, criada em 1998, afirmou-se como um veículo pioneiro dos valores de uma nova geração de críticos de cinema que se estabeleceu na Internet, em oposição aos métodos e objetos da crítica de cinema dos grandes veículos midiáticos. A *Contracampo* propôs uma comparação entre *Central do Brasil* e *Tudo é Brasil* (1998), de Rogério Sganzerla, em um artigo escrito por Bernardo Oliveira (1999). A comparação é estimulada até mesmo pela direta semelhança entre seus títulos, que expressam uma vontade direta de falar sobre o tão comentado tema da "identidade nacional". No entanto, o destino dos dois filmes revelava ser quase oposto. Ao contrário da consagração do filme de Salles, o filme de Sganzerla, lançado no mesmo ano, foi praticamente ignorado pelos principais veículos da crítica cinematográfica do período, mesmo tendo sido dirigido por um realizador de respeitado histórico no cinema brasileiro, com obras como *O bandido da luz vermelha* (1968), entre muitas outras.

A provocativa comparação proposta por Oliveira indiretamente nos remete à pergunta: por que o filme de Sganzerla foi, na maior parte dos casos, excluído ou considerado como uma contribuição apenas residual na trajetória do cinema brasileiro do período, enquanto o de Walter Salles foi alçado como grande símbolo do período? Ora, porque *Tudo é Brasil*, um filme de arquivo de baixo orçamento, que promove uma análise complexa da relação do artista com as instituições, não se adequa ao projeto do liberal-desenvolvimentismo cosmopolita típico da época. O retumbante fracasso do gênio Orson Welles revela os embates de poder entre o artista e as instituições, mostrando como estas, incluindo o Estado, atuam de forma conservadora, arquitetando estratagemas para castrar a atuação do artista inquieto, de espírito contestador e libertário.

Apesar da semelhança dos títulos, é possível dizer que *Tudo é Brasil* é o antípoda de *Central do Brasil*. Desse modo, a comparação nos leva a perguntar: que Brasil, ou ainda, que cinema brasileiro, os dois filmes nos revelam?

Seria possível dizer que o documentário de Sganzerla dialoga com alguns temas caros ao "cinema da retomada": o olhar estrangeiro, a ancoragem histórica, a identidade nacional. No entanto, os caminhos e as respostas que Sganzerla oferecem são abissalmente diferentes, seja por recusarem um cinema da transparência ou de plena comunicabilidade, seja por oferecerem uma abordagem crítica da história, longe de um modelo conciliatório.

Quando a *Contracampo* promove a comparação entre os dois filmes, na verdade a Revista, de forma provocativa, indiretamente contribui para lançar a pergunta: por que *Tudo é Brasil* foi subjugado a um patamar de invisibilidade por boa parte da crítica hegemônica? Ou, de outra forma, por que um filme medíocre como, por exemplo, *Guerra de Canudos* (1996), de Sérgio Rezende, com suas incontornáveis limitações narrativas e conceituais, tornou-se muito mais citado nos textos que abordam a trajetória do cinema brasileiro desse período (ou seja, incorporado à história canônica do período) do que o filme de Sganzerla, que analisa a história brasileira de uma forma claramente muito mais complexa e original? Ora, porque seu filme não fornece uma leitura adequada à construção de um projeto para o cinema brasileiro do período, ou seja, porque não possui conformidade ao ideário do "cinema da retomada".

O gesto da *Contracampo* procura, portanto, incorporar o que foi deixado de fora, conferir legitimidade àquele gesto considerado invisível; procura exumar um corpo sepultado vivo, recobrando-lhe a vida. Ao reintroduzir o filme de Sganzerla no campo de debate do cinema brasileiro dos anos 1990, a *Contracampo* promove um gesto que vai além desse filme, ao propor um questionamento indireto dos motivos pelos quais uma produção foi deixada de fora pela visão de história expressa pelo "cinema da retomada".

A busca pelo "equilíbrio conciliatório" e seus paradoxos

Havia um paradoxo na criação do modelo de política pública no "cinema da retomada": um desejo de um cinema industrial, de grande comunicação com o público, e, de outro, um cinema de potencial artístico e relevância cultural, examinando questões sociais da identidade do País. O protótipo do "cinema da retomada" era um filme que propusesse uma espécie de "equilíbrio conciliatório" entre um cinema de comunicabilidade, que apresentasse um certo padrão técnico e narrativo, e, de outro, um cinema de prestígio artístico, que resgatasse a relevância da atividade cultural como proposta de reflexão sobre a suposta identidade cultural de um país.

O jornalismo cultural tinha um papel fundamental para consolidar, junto à opinião pública, a repercussão de um modelo de cinema que rejeitava os dois extremos. De um lado, um cinema que era meramente um produto vulgar de mercado – para afastar a sombra dos resquícios de nossas antigas "pornochanchadas" – e, de outro, um cinema intelectual hermético, que agradasse apenas a iniciados. Ou seja, o projeto ideal seria o que buscasse um equilíbrio conciliatório entre os dois pontos: um filme que abordasse relevantes questões sociais de forma responsável e que adquirisse prestígio artístico mas que, ao mesmo tempo, apresentasse um potencial de comunicabilidade, com valores comerciais, vendendo um grande número de ingressos e atingindo o grande público. Assim, filmes como *Central do Brasil*, *Cidade de Deus*, *Tropa de Elite*, ou, em menor grau, mesmo *O que é isso, companheiro?* ou *Carandiru* eram exemplos máximos dessa política.

Por outro lado, existiam filmes que pendiam para um dos lados da balança: com expressivos resultados comerciais, mas com reduzido potencial artístico. Eram produtos típicos da indústria de entretenimento mas possuíam limitada inclinação de reflexão social. Exemplo típico eram os títulos produzidos pela Diler & Associados. Dilermando Trindade, ou simplesmente Diler, tornou-se o principal produtor brasileiro, em termos de resultados comerciais, com uma fórmula mais próxima ao modelo dos anos 1980: uma fábrica de filmes com uma produção em série, com obras relativamente baratas e rápidas. Para isso, o modelo de Diler era investir menos no processo de desenvolvimento e na criatividade ou originalidade dos roteiros e concentrar sua aposta na popularidade de figuras carismáticas que atrairiam o público aos cinemas. Assim, o carro-chefe de suas produções eram os filmes voltados para o público infantil, calcados em dois personagens de grande visibilidade da televisão: Maria da Graça Meneghel (Xuxa) e Renato Aragão (Didi). Esse modelo era notadamente influenciado pelo sucesso dos filmes dos Trapalhões no cinema brasileiro dos anos 1970 e 1980. Desse modo, a cada ano, Diler lançava um longa-metragem desses personagens, dividindo o mercado segundo seus modelos sazonais: um filme da Xuxa nas férias de fim de ano (dezembro) e outro de Renato Aragão nas férias de meio de ano (julho). Entre 1999 e 2006, Diler produziu oito títulos estrelados por Xuxa Meneghel, um a cada ano. Os cinco primeiros filmes bateram a marca de 2 milhões de ingressos vendidos, cada: *Xuxa requebra* (1999), *Xuxa Popstar* (2000), *Xuxa e os duendes* (2001), *Xuxa e os duendes 2* (2002), *Xuxa Abracadabra* (2003) e *Xuxa e o tesouro da cidade perdida* (2004) – todos contendo o nome da apresentadora infantil no próprio título das obras.

No entanto, a repetição do mesmo modelo de produção acabou provocando sua exaustão. O desgaste foi acentuado com a crescente diversificação e sofisticação da produção infantil, especialmente com os filmes infantis da Disney. Assim, houve uma contínua queda nos resultados comerciais dos filmes seguintes, como *Xuxinha e Guto contra os monstros do espaço* (2006), produzido em animação, com público de cerca de 600 mil espectadores e *Xuxa gêmeas*

(2007), com 1,1 milhão de ingressos vendidos. Este acabou sendo o último filme protagonizado por Xuxa Meneghel, produzido pela Diler Produções. Os dois filmes seguintes foram realizados pela Conspiração, mas, mesmo com um modelo de produção mais refinado, os resultados comerciais não reverteram a tendência: *Xuxa em Sonho de menina* (2007) e *O mistério de Feiurinha* (2009) foram os últimos dois títulos dessa espécie de franquia cinematográfica.

Esses filmes foram realizados com financiamento das leis de incentivo fiscais, seja de investidores privados, como no Art. 1º da Lei do Audiovisual, seja com as distribuidoras estrangeiras (Warner, Fox), por meio do Art. 3º da mesma lei. Assim, representavam a típica expressão da política industrialista: a de produtos comerciais que visavam à reocupação do mercado interno. Ou seja, o melhor indicador do sucesso desses filmes é o número de ingressos vendidos nas salas de exibição, ou ainda, a sua renda de bilheteria.

No entanto, eram comuns as reprimendas da opinião pública em considerar que recursos públicos eram investidos em produções cujo principal objetivo era simplesmente o retorno comercial, como se o filme fosse uma simples *commodity*. Para além dos preconceitos em torno do reduzido valor artístico dessas produções, o que estava em jogo era que o percurso de legitimação política do cinema brasileiro não poderia passar exclusivamente por critérios comerciais, mas também pelo prestígio artístico e cultural.

De todo modo, é curioso compararmos o sucesso dos filmes produzidos por Diler Trindade com o caso anteriormente apresentado de *Cinderela Baiana*. Numa primeira abordagem, é possível relacionar o modo de produção dos filmes de Diler às produções da Boca do Lixo dos anos 1970 e 1980: eram filmes baratos e ágeis, centrados em personalidades da grande indústria midiática. Mas, por outro lado, Diler conseguiu se adaptar ao novo contexto do mercado cinematográfico, e fez o que Galante não conseguiu: apresentou valores de produção mais consistentes, formando uma equipe de artistas e técnicos sólida (por exemplo, a direção ficava a cargo de Tizuka Yamazaki ou de Moacyr Góes), que o habilitavam a captar recursos pelas leis de incentivo fiscais[18]. Talvez um dos grandes diferenciais de Diler em relação a Galante seja sua origem no mercado publicitário, o que o permitiu compreender não apenas as transformações dos modelos de produção e dos hábitos de consumo mas, sobretudo, possuir maior proximidade com possíveis investidores para a captação dos recursos pelas leis de incentivo[19]. Ainda que com poucos investimentos em desenvolvimento, realizados de uma forma apressada,

---

[18] É preciso também observar que Diler começou a produzir filmes de grande apelo comercial justamente no fim do período dos anos 1980, embarcando na carona de um filão de filmes jovens dos anos 1980, como *Menino do Rio* (1981) ou *Garota dourada* (1984), apesar de suas diferenças. Seu primeiro filme produzido foi *Super Xuxa contra o Baixo Astral* (1988), seguido de outros quatro títulos lançados entre 1990 e 1991 – justamente nos anos mais críticos do interregno antes da chamada "retomada": *Inspetor Faustão e o Mallandro* (1991), *O mistério de Robin Hood* (1990), *Lua de cristal* (1990) e *Sonho de verão* (1990). Após esses filmes, no entanto, Diler voltou a produzir apenas no final dos anos 1990, já com o financiamento das leis de incentivo, com quatro longas-metragens seguidos protagonizados por Xuxa Meneghel, entre 1999 e 2002. Seu primeiro filme com Renato Aragão foi apenas em 2003 (*Didi – o cupido trapalhão*).
[19] O modelo de leis de incentivo estimulou a entrada de diversas empresas de publicidade na produção de filmes cinematográficos, como é o caso da Conspiração Filmes (RJ) e da O2 Filmes (SP).

os projetos apresentavam valores, sejam em termos de roteiro (dramaturgia e composição dos personagens) sejam em termos visuais, aderentes não apenas à classe C mas também à classe AB, que frequentava os *shopping centers*. Talvez Diler seja o último herdeiro de um certo modelo comercial de produção, mas, mesmo conseguindo se adaptar às novas circunstâncias, realizando diversos filmes acima de 1 milhão de ingressos vendidos, no final dos anos 2000, seu modelo apresentava nítidos sinais de esgotamento.

O outro lado do "equilíbrio conciliatório" era o de rechaçar filmes que buscavam um aprofundamento na pesquisa de linguagem, com valores reduzidos de comunicabilidade, considerados herméticos ou simplesmente "experimentais". A rotulagem de determinados filmes do período sob a categoria "experimental", ainda que de forma indevida, visto que muitos desses títulos inseriam-se mais propriamente no campo do cinema de ficção ou mesmo documental, era uma estratégia implícita de empurrar os filmes para a invisibilidade, por não se adequarem aos modelos mais tradicionais da linguagem cinematográfica.

O jornalismo cultural, portanto, também contribuiu para o elogio ao "equilíbrio conciliatório". Vimos como, no afã de exaltar a recuperação do cinema brasileiro, boa parte da crítica se concentrava na repercussão de público das obras, deixando a análise fílmica em segundo plano. Diversos críticos dos principais veículos midiáticos estimulavam filmes que justamente buscavam o equilíbrio entre as questões artísticas e as demandas da audiência, rechaçando as obras que buscavam uma pesquisa de linguagem mais radical.

Poderíamos citar alguns exemplos para dar concretude ao papel do jornalismo cultural na defesa do "equilíbrio conciliatório". Ainda que não seja relacionado ao cinema brasileiro, um caso de grande repercussão foi a crítica de Jaime Biaggio, publicada no jornal *O Globo*, sobre *Gente da Sicília* (1998), de Jean-Marie Straub e Danielle Huillet, acompanhada da cotação-ícone "bonequinho saindo do cinema".

> É chato ser estraga-prazeres da festa de inauguração do bem-vindo Espaço Rio Design. Mas *Gente da Sicília* é dez vezes mais chato. O filme de Daniele Huillet e Jean-Marie Straub levou o prêmio da crítica na Mostra Internacional de Cinema de São Paulo de 1999. Pois é: só crítico de cinema para gostar. A receita: o enredo sobre um siciliano que volta à terra natal após anos distante; preto e branco estourado; os não-atores típicos do neo-realismo em interpretações neo-artificiais, declamadas; uma câmera que chama atenção para si pela imobilidade; longos instantes de silêncio; 66 minutos que parecem o dobro. Experimentos radicais têm disso: você ama ou abomina. Quem estiver bufando ou resmungando "é uma besta...", vá ao cinema então. Bom sono (Biaggio apud Valente 2000).

O parágrafo acima não se trata de um trecho, mas da crítica completa, de exatas 122 palavras, o que comprova a redução do espaço para a crítica cinematográfica nos grandes jornais, muitos dos quais conferem preferência a matérias promocionais dos grandes lançamentos midiáticos da semana. O texto de Biaggio, recheado de termos irônicos, revela a recusa da crítica por obras que escapem dos padrões mais típicos de comunicabilidade, rotulando-o como um "experimento radical". E acaba seu texto desejando ao espectador que, ainda assim deseje assistir ao filme, um "bom sono". A crítica desrespeitosa causou revolta em uma comunidade de cinéfilos, visto que o lançamento comercial era uma rara oportunidade de o público brasileiro ter contato com uma das mais rigorosas duplas de diretores do cinema moderno europeu, que já realizavam filmes há pelo menos três décadas. A crítica tão negativa desestimulava as distribuidoras a lançarem filmes com um perfil mais arriscado, contribuindo para uma feição ainda mais conservadora do já restrito mercado exibidor.

Outro exemplo pode ser visto nas colunas de Celso Sabadin para o site *Cineclick*, em 2000[20]. Vamos comparar um primeiro texto de Sabadin, nomeado "Por que a crítica se distancia tanto do público?".

> O filme de Andrucha [*Eu, tu eles*] prova – pela enésima vez – que o público brasileiro gosta, sim, de ver filmes brasileiros na tela grande. Mas tem que ser filme bom. Tem que ser filme que fale a linguagem do pú-

---

[20] Tanto a crítica de Biaggio quanto as de Sabadin foram extraídas de um artigo de Eduardo Valente para a *Revista Contracampo*, que, com base em estudos de caso, realiza uma contundente crítica aos métodos utilizados pelo jornalismo cultural na cobertura do cinema brasileiro nos anos 1990. Ver Valente (2000).

blico. (...) Que Júlio Bressane e Ruy Guerra me perdoem, mas quem, hoje em dia, tem capacidade física e psíquica para suportar, só para citar dois exemplos, filmes como *São Jerônimo* e *Estorvo*? (...) Vamos supor que um casal desavisado resolva sair de casa, sábado à noite, para ir ao cinema. Munido do mais profundo senso patriótico, este casal resolve – finalmente – deixar de lado o preconceito e ver um filme brasileiro. "Vamos tentar, querida, afinal estes críticos andam falando tanto que o cinema brasileiro melhorou. Vamos conferir", diz o sujeito, todo orgulhoso de si. Arrumados e cheirosos, eles pagam 10 reais cada um e entram no cinema que está exibindo *Estorvo* (eu falei que o casal era desavisado...). Pronto. Acabou! Aí estão duas pessoas que jamais voltarão a ver um filme brasileiro. Duas almas perdidas no nosso cinema. No final do filme (se é que eles conseguiram chegar no final), ela diz pra ele: "Eu não te falei que estes críticos são uns pentelhos? Cinema brasileiro, nunca mais!" (Sabadin apud Valente 2000).

É curioso perceber como os textos citados promovem ironias com o próprio papel do crítico de cinema ("só crítico de cinema para gostar", "não te falei que estes críticos são uns pentelhos?"). Trata-se de uma ironia, pois a própria crítica zomba da atuação de seus pares, buscando imprimir um rótulo elitista aos críticos, que buscam elogiar apenas "filmes para críticos verem". Nesses momentos, percebemos as mudanças em curso no jornalismo cultural: mesmo o espaço da crítica cinematográfica, originalmente destinada à reflexão, é permeada por "análises" cuja função primordial é atender às expectativas do público consumidor do jornal. Ou seja, a crítica está preocupada não propriamente em gerar um debate ou uma reflexão sobre o cinema ou a sociedade, mas em agradar ao público, contaminada por uma função publicitária (a da simples recomendação de filmes) como um instrumento de mercado, voltada ao consumo.

Em seguida, na coluna "Popular é uma coisa, ruim é outra":

> O povão que chega em casa massacrado após um dia de serviço assiste a estas coisas por falta de opção. E para os empresários de TV é mais fácil e mais barato mostrar bunda de assistente de pagodeiro do que quebrar a cabeça para criar atrações ao mesmo tempo populares e de qualidade. Assim, fica mais fácil e mais barato vender a idéia de que "é disso que o povo gosta".
> Só que o cinema está aí, provando com números que esta lenda precisa ser derrubada. Qual é a maior bilheteria nacional deste ano? *O Auto da Compadecida*, filme simplesmente recheado de qualidades. Seja de texto, de edição, produção, interpretação, seja lá do que for. Outro filme bom que fez sucesso: *Eu, Tu, Eles*, com mais de 700 mil ingressos vendidos. Claro que drogas como *Xuxa Requebra* também foram bem de bilheteria, mas isso é apenas reflexo de um mercado que engoliu porcaria durante muito tempo.

[...]
Nada contra o popular. Nada contra a participação no cinema de grupos musicais que o povão curte. Nada contra nada disso. Mas – calma aí – precisa menosprezar desta forma a inteligência da plateia brasileira? O povo gosta, sim, de coisa boa, mas é preciso que ele tenha a opção de escolher. É preciso dar à população acesso cada vez maior às obras de qualidade como *Eu, Tu, Eles, O Auto da Compadecida* e outras que certamente virão.
Assim, a qualidade virá. E o público novamente fará filas nas portas dos cinemas para ver filmes brasileiros. Filmes populares... mas com qualidade. Por que não?" (Sabadin apud Valente 2000).

A comparação entre as duas colunas explicita a defesa do "equilíbrio conciliatório". Sabadin condena, de um lado, "filmes herméticos" como os de Júlio Bressane e Ruy Guerra, mas, de outro lado, também os de Xuxa Meneghel, como mera "porcaria". Assim, defende "filmes populares de qualidade", como *O auto da compadecida* e *Eu, tu, eles* – curiosamente dois filmes coproduzidos pela Globo Filmes. Utilizando termos irônicos e frases de efeito, com o intuito de despertar polêmica, Sabadin acaba estigmatizando o cinema brasileiro a partir de dois opostos, evidenciando seus preconceitos seja em relação a obras de linguagem não hegemônica seja até mesmo em relação ao cinema popular brasileiro.

Nas seções a seguir, procurarei analisar essas principais características do ideário do "cinema da retomada" por uma perspectiva crítica, sinalizando os paradoxos que nortearam sua consolidação.

A história como patrimônio

No início dos anos 1990, o cinema brasileiro era visto como uma "espécie fadada à extinção". Para que continuasse sobrevivendo, em um mercado cinematográfico pequeno e concentrado, era preciso recorrer à ajuda do Estado. Para isso, era preciso convencê-lo – ao Estado e à sociedade, ou seja, à opinião pública – que o cinema brasileiro era um produto cultural legítimo, ou seja, que oferecia uma importante contribuição para a nossa sociedade. Se foi construída uma imagem do cinema brasileiro dos anos 1980 meramente como um produto vulgar, ligado à pornografia, de precárias condições técnicas e artísticas – imagem edificada paulatinamente que colaborou para solapar a Embrafilme[21] – era preciso agora reverter essa "imagem" para assegurar a sobrevivência dos cineastas.

---

[21] É bom deixar claro que me refiro aqui às narrativas, muitas vezes levianas, reverberadas por matérias sensacionalistas da grande imprensa, que construíram uma determinada imagem do cinema brasileiro dos anos 1980. No entanto, evidentemente, o cinema brasileiro foi muito mais diversificado e amplo que essa imagem forjada. Entre tantos outros exemplos, podem ser listados tanto a geração de cineastas paulistanos da Vila Madalena (Wilson Barros, Guilherme de Almeida Prado, Chico Botelho, Djalma Limongi Batista, etc.) quanto os cineastas gaúchos (Carlos Gerbase, Werner Schunemann, Nelson Nadotti, etc.), bem como a produção de filmes populares de juventude, como *Menino do Rio* (Antônio Calmon, 1982), *Bete Balanço* (Lael Rodrigues, 1984) e *Rock Estrela* (Lael Rodrigues, 1985).

Assim, o "cinema da retomada" não foi verdadeiramente voltado para o público, mas deveria atender aos seus dois clientes: o Estado (a opinião pública) e os investidores, que aportavam recursos nos projetos pelos mecanismos de renúncia fiscal. O Estado desenvolveu um modelo de política pública em que injetava recursos públicos (indiretamente, pois não queria escolher diretamente os projetos, esquivando-se das queixas dos cineastas não contemplados e das possíveis acusações de clientelismo) na produção de longas-metragens, mas se mostrava despreocupado com as efetivas condições para que os filmes atingissem o público, já que as políticas desconsideravam medidas em relação aos setores de distribuição e exibição. Uma vez finalizados, os filmes brasileiros tinham enormes dificuldades de se inserir no mercado, com as transformações no setor de distribuição e exibição já apontadas. Assim, afirmei, em um estudo anterior (Ikeda, 2015), que essa política, na verdade, era assistencialista aos cineastas, e não uma efetiva política de desenvolvimento do mercado cinematográfico brasileiro. O Estado buscava filmes que dialogassem com o público, justificando o investimento realizado pelo retorno econômico das obras, mas não oferecia de fato condições de alargar o mercado para o filme brasileiro, pois, com a exceção da reduzida Cota de Tela[22], o mercado permanecia sem qualquer sinal de regulação. O Estado "lavava as mãos" ao fazer parte do seu papel, sim-

---

[22] A Cota de Tela é um dispositivo legal, cujos primórdios estão no governo Vargas, que estabelece a obrigatoriedade da veiculação de longas-metragens brasileiros nas salas de cinema comerciais por um número mínimo de dias.

plesmente financiando a produção de filmes e atendendo às pressões políticas dos cineastas. Se os filmes não chegavam ao público, o problema passava a ser dos cineastas, ou da possível qualidade das obras.

Estava formado, portanto, o paradoxo que assolou o "cinema da retomada": era preciso realizar um cinema para o "respeitável público", com temas e abordagens que convencessem a opinião pública que o cinema brasileiro era uma atividade profissional, organizada com planejamento e zelo, e que se expressasse como parte da herança cultural brasileira. Era preciso, acima de tudo, reverter uma "imagem" do cinema brasileiro, mostrando à sociedade que ele precisava permanecer existindo, pois tratava de questões culturalmente ou socialmente relevantes. Ao mesmo tempo em que precisavam recuperar seu prestígio social, os filmes brasileiros tinham que apresentar valores de comunicabilidade, gerar emprego e renda, de forma a mostrar que o audiovisual era também um setor econômico organizado profissionalmente.

Desses paradoxos, surgiu a grande quantidade de filmes históricos, que apresentavam uma leitura adequada da realidade brasileira. Entre eles, podemos citar *O quatrilho* (1995), de Fábio Barreto; *Guerra de canudos* (1996), de Sérgio Rezende; *O guarani* (1996), de Norma Bengell; *Anahy de las misiones* (1997), de Sérgio Silva; *O cangaceiro* (1997), de Anibal Massaini Neto; *Policarpo Quaresma, Herói do Brasil* (1998), de Paulo Thiago; *Amor & Cia* (1998), de Helvécio Ratton; *Mauá – o imperador e o rei*, de Sérgio Rezende (1999). Esses filmes não estão muito distantes da chamada "tradição de qualidade", termo com que os jovens turcos dos *Cahiers du Cinéma*, em especial François Truffaut, rotularam o cinema hegemônico francês dos anos 1940 e 1950, a partir do suposto bom gosto dos padrões narrativos mais convencionais, com dramas históricos ou adaptações literárias em que as imagens meramente ilustravam a palavra escrita, sem maiores riscos. É preciso, no entanto, compreender a opção conservadora desse cinema pelos resquícios do trauma dos atos do Governo Collor – o cinema brasileiro foi domesticado pelos fantasmas de sua aniquilação.

Fonseca (2012) interpreta que a grande quantidade de filmes históricos que remetem a momentos anteriores da própria cinematografia brasileira integra uma estratégia de resgate ao passado como patrimônio, como transformação da memória em mero recurso de reverência e uso. Ou seja, não havia no diálogo com o passado uma proposta de reavaliar a construção da história do país, ou mesmo de fazer um paralelo com os momentos atuais. Em geral, o passado era utilizado meramente como forma de conferir legitimidade cultural ao projeto, com um olhar simplesmente reverente, sem nenhum tipo de reavaliação crítica[23].

Da mesma forma, o "cinema da retomada" procurou construir um discurso que estabelecia sua relevância cultural ao propor uma relação com o período do Cinema Novo. A relação deixava de ser simplesmente com a história para incorporar também a própria história do cine-

---

[23] Decerto que houve exceções, como filmes que utilizavam do discurso histórico de maneira crítica, como *Rádio Auriverde* (Sylvio Back, 1991), *O sertão das memórias* (José Araújo, 1996) ou *Brava gente brasileira* (Lúcia Murat, 2000), entre outros.

ma brasileiro. No entanto, essa relação foi desenvolvida de forma meramente superficial, como simples estratégia para mostrar que o cinema brasileiro precisava permanecer existindo para prosseguir sua exitosa trajetória. Essa ancoragem relacional foi proposta como forma de legitimar a relevância cultural e social do "cinema da retomada", ainda que suas relações sejam meramente acessórias. O "cinema da retomada", em sua busca por padrões de comunicabilidade, na transparência de sua dramaturgia de roteiros e personagens lineares, em sua adesão à ideologia e aos padrões de consumo de uma classe média, em muito se afastavam da busca ética, estética e política dos filmes do Cinema Novo, que incorporaram elementos do cinema moderno para realizar obras artísticas de grande relevo por promoverem reflexões e questionamentos sobre as estruturas socioeconômicas fundantes da realidade brasileira.

O livro de entrevistas de Nagib (2002) nos ajuda a questionar a ancoragem em torno do Cinema Novo. Quando saímos dos marcos canônicos e cotejamos os noventa depoimentos, passamos a perceber o quanto os filmes realizados se afastam dos padrões imputados pelo chamado "cinema da retomada". Por exemplo, o diretor com o maior número de referências para os cineastas entrevistados não é um realizador do Cinema Novo, e, sim, Carlos Reichenbach. O Cinema Novo não é apontado como instância central de referência para expressivo número de entrevistados. Assim, é possível concluir que a relação do "cinema da retomada" com o Cinema Novo é mais propriamente construída por uma leitura crítica e acadêmica do que pelo próprio discurso dos realizadores.

Sobre esse ponto, são curiosas as palavras de Bernardet, no mesmo livro de Nagib. Bernardet afirma que a comparação do cinema dos anos 1990 com o Cinema Novo é equivocada, e que expressa a nostalgia e o fetichismo em relação ao Cinema Novo, como uma mera chancela de relevância ou finalidade artística. E, de forma provocativa, conclui que "o 'cinema da retomada' é na verdade mais próximo da Vera Cruz que do Cinema Novo (Nagib, *op. cit.*, p. 112).

Em busca de uma contemporaneidade mundializada

Uma outra forma de ver essa aproximação com o cinema da Vera Cruz, sugerida por Bernardet, é identificar que o "cinema da retomada" propunha um projeto universalista, de modo que a cinematografia brasileira se adequasse aos padrões do cinema mundial, o que faria, a princípio, que os filmes pudessem ser mais vistos, pelo público interno e externo. São, de fato, diversos elementos em comum, como a ênfase industrialista, a transformação dos padrões técnicos, o discurso em busca do mercado e do público como massa homogênea, o enfoque no bloco "tema nacional, estética universal".

No entanto, essas questões ganham uma nova roupagem nos anos 1990, em que a economia mundial se transforma, numa aceleração dos fluxos comunicacionais e financeiros, em torno da ideia de globalização. O "cinema da retomada" estava integrado a uma lógica típica da política pública brasileira dos anos 1990 em que se buscava integrar à economia mundial. O estímulo ao mercado externo era uma forma de acelerar os fluxos comerciais, ressoando um suposto projeto de modernização da sociedade brasileira ao contexto de globalização.

Se era preciso afirmar que o cinema brasileiro tinha uma história, por outro lado era também necessário que "se modernizasse", ou seja, que aderisse a um projeto de transformações da própria sociedade brasileira, num processo de "abertura" após o período da redemocratização. A abertura era não apenas política mas também econômica (a abertura comercial do Governo Collor, o elogio à concorrência e à competitividade como sinais de progresso) e também, claro, cultural. Os movimentos de globalização indicavam que era preciso que o cinema brasileiro também se internacionalizasse, como parte de uma cultura global, dialogando com os códigos do mercado do cinema internacional.

Caetano (2007a) destaca como um conjunto de filmes brasileiros do período passou a utilizar personagens estrangeiros como tentativa de inserção no mercado internacional. Alguns chegaram a ser falados em inglês, como *A grande arte* (1991), de Walter Salles; *O monge e a filha do carrasco* (1995), de Walter Lima Jr.; e *Jenipapo* (1995), de Monique Gardenberg; ou até mesmo em italiano, como *Forever* (1991), de Walter Hugo Khouri.

Esses traços são indícios de um movimento mais amplo, que se refere às estratégias de inserção numa cultura global, ou ainda, nos mercados internacionais. Esse movimento não foi restrito ao caso brasileiro, mas se insere na própria transformação dos mercados audiovisuais com os movimentos de globalização. Alguns autores apontam para os riscos da formação de um cinema transnacional, que poderia apagar os traços estilísticos típicos de cada um desses países em torno de uma gramática mais universal, como uma espécie de *world cinema* voltado para o consumo dos mercados internacionais. Santos (2008), por exemplo, se pergunta se haveria uma descaracterização de universos e estilos dos diretores latino-americanos transnacionais. Esse movimento, portanto, é o antípoda do discurso do cinemanovista Glauber Rocha, que buscava uma estética terceiro-mundista, que pudesse refletir, por meio de sua própria linguagem, os desafios dos países em subdesenvolvimento e negar a mera incorporação, sem críticas, dos padrões da cultura eurocêntrica.

Fonseca (2012) aponta para como, nos anos 1990, houve o aprofundamento de uma estética transnacional no cinema brasileiro, dialogando com o conceito de MundoBraz proposto por Giuseppe Cocco, em que o autor analisa as transformações do Brasil nos anos 1990 para se integrar aos quadros de uma contemporaneidade mundializada. Assim, como parte de um panorama de globalização econômica e de mundialização das culturas, há um processo de mundialização do Brasil, e ao mesmo tempo uma brazilianização do mundo, ou seja, uma interpenetração entre os elementos locais e globais, já que o Brasil como marca também passou a ser apropriado nos territórios globais.

As leis de incentivo e o processo de seleção de projetos a partir de concursos de roteiros, em que se privilegiam instrumentos de transparência narrativa, são elementos que corroboram a busca de uma "contemporaneidade mundializada". Como bem afirma Ortega (2012), a caracterização de um cinema transnacional deve ser buscada com a conjugação de fatores econômicos, estéticos e sociais.

Na mesma linha, prossegue Bentes (2007, p. 245), quando afirma que o cinema brasileiro dos anos 1990 busca ser "um cinema 'internacional popular' ou 'globalizado' cuja fórmula seria um tema local, histórico ou tradicional, e uma estética 'internacional'."

Em 2002, Prysthon já apresentava um preciso diagnóstico de como o cinema brasileiro dos anos 1990 representava um gradual amadurecimento de um cosmopolitismo pós-moderno, incorporando uma valorização do excêntrico e do periférico como estratégia de inclusão em um mercado global.

Ao mesmo tempo em que o cinema brasileiro defendia sua trajetória como patrimônio de sua identidade, um projeto de suposta modernização apontava para um alinhamento com as estratégias de um cinema mundializado, por meio de códigos narrativos e visuais universalistas, que visavam a incorporar elementos da geopolítica brasileira num contexto palatável para as plateias internacionais, especialmente por meio da exposição nos festivais internacionais de cinema.

Organização empresarial e modelos de comunicabilidade

A política estatal, cristalizada nas leis de incentivo fiscal, possuía viés industrialista, destinado a fortalecer a ocupação de mercado do cinema brasileiro por meio do fortalecimento de empresas produtoras. Desse modo, o Estado indiretamente estimulava a organização do processo produtivo na direção do que considerava "profissional", em consonância com os projetos de modernização – arranjos produtivos estáveis por meio de empresas produtoras sólidas.

Como o consumo de cinema passou a se elitizar, com o fechamento dos cinemas de rua e a abertura de *multiplexes* em *shopping centers*, era preciso que as obras produzidas dialogassem com os valores das classes sociais que frequentavam esses espaços. O bom acabamento técnico era um dos elementos que afirmariam a profissionalização do nosso cinema. Vimos que, no cinema de mercado dos anos 1980, era preciso filmar rápido e barato, para que o investimento na produção – em muitos casos um adiantamento realizado pelo exibidor – pudesse ser recuperado o quanto antes, diante do processo inflacionário, e da possibilidade de complementação da bilheteria com o Adicional de Renda. Ou seja, diversos filmes brasileiros do período incorriam em processos técnicos precários – não por falta de conhecimento ou habilidade dos profissionais envolvidos, mas pelas circunstâncias específicas do mercado cinematográfico, cuja inclinação era a realização de filmes baratos e ágeis.

O "cinema da retomada" partia de outros pressupostos. Não eram apenas as condições gerais de produção, mas a fotografia, o som, a arte, enfim, o conjunto de departamentos também precisava convencer o público que apresentavam requisitos técnicos de qualidade. Assim, os custos de produção aumentaram significativamente no período. Como as perspectivas de mercado para os filmes eram reduzidas, a balança entre despesa e receita nunca se equilibrava: os produtores precisavam ser remunerados "na produção", ou seja, no orçamento da captação de recursos dos projetos, e não no retorno comercial do lançamento no mercado.

A busca por um padrão técnico adequado à construção da ideia de "respeitabilidade" do cinema brasileiro distanciou o modelo de produção empregado em relação a uma efetiva lógica de mercado. Se a política pública estimulava um espírito empresarial, não havia o direcionamento para um elemento básico da relação entre empresas e o mercado: a estruturação dos processos produtivos de modo a buscar seu equilíbrio financeiro. Ainda, as políticas públicas empreendidas concentraram-se no setor de produção, sem criar as devidas condições para que esses filmes pudessem ser competitivos em seu lançamento no mercado.

As empresas investidoras, oriundas de setores sem nenhuma relação com o negócio cinematográfico, escolhiam os filmes por uma decisão dos departamentos de marketing, baseadas essencialmente no culto a celebridades, ou seja, filmes ancorados num *star system* de atores conhecidos do grande público, em especial oriundos da teledramaturgia da TV Globo. Como não havia riscos para o investidor – os valores aportados eram integralmente abatidos em sua declaração de imposto de renda – não havia um maior compromisso com a repercussão comercial da obra.

Da mesma forma, não havia riscos para o produtor. O orçamento do filme era praticamente todo coberto pela captação de recursos – com exceção da chamada contrapartida, na ordem de apenas 5% do custo total, mas que acabava, na prática, indiretamente embutida em outros itens orçamentários. Desse modo, em contraste com o período anterior – em que eram produzidos filmes rápidos e baratos, que eram pagos conforme a renda auferida no seu lançamento comercial, mediante a recuperação do Adicional de Renda –, segundo as leis de incentivo, a produção passava a ser lenta e custosa. Ainda que não houvesse perspectivas concretas de recuperar seus custos no lançamento comercial, os filmes remuneravam o produtor em seu próprio orçamento. Como os valores disponíveis eram proporcionais ao lucro real das empresas, a captação de recursos tornava-se lenta, visto que um projeto necessitava de diversos investidores, ou ainda, de sucessivos exercícios fiscais.

O modelo das leis de incentivo estimulava a realização de projetos com modelos transparentes de comunicabilidade, visando atingir a um público de massa. De um lado, as empresas investidoras buscavam projetos de alto grau de transparência, baseados em forte *star system*. De outro, os editais públicos estimulavam projetos de alta previsibilidade, por meio de um roteiro e uma estrutura de produção ancorada na decupagem, de tendência classicizante. A prestação de contas dos projetos audiovisuais era compartimentada por rubricas orçamentárias detalhadas, de modo que a previsibilidade era uma variável associada a elementos do profissionalismo (planejamento, gestão financeira, etc.) e que forneciam uma defesa institucional para as possíveis acusações de malversação dos recursos públicos, dadas as acusações em torno da Embrafilme que ainda assolavam o setor.

Diante de um modelo de prestação de contas extremamente rígido e burocrático em que os produtores precisavam armazenar notas fiscais separadas para cada gasto individual, fazendo com que um projeto possuísse, ao seu final, centenas de notas fiscais, que deveriam ter conformidade com uma miríade de normas específicas (carimbos, recibos, balanços, formulários, extratos bancários, tomadas de preços, etc), começaram a surgir casos, fartamente repercutidos pela mídia, de projetos não terminados e de filmes com prestações de contas recusadas. Os casos de maior repercussão foram os dos filmes O guarani, de Norma Bengell, e Chatô, de Guilherme Fontes. Alguns dos principais fantasmas do período anterior retornavam. Um dos maiores problemas do modelo estatal era que não havia uma correspondência entre execução física e financeira, isto é, a liberação de recursos não acontecia por etapas, segundo a comprovação da evolução física do projeto.

O roteiro passou a ser a peça central da realização de uma obra. Eram muitos os críticos que advogavam que o principal problema do cinema brasileiro do período era a falta de bons roteiros. Não por acaso, nesse período começaram a se multiplicar os laboratórios de roteiro, especialmente os associados aos festivais internacionais, de forma a adequar os filmes às exigências do mercado mundial. Esse fato contribuiu para uma certa tendência de homogeneização dos roteiros, em torno da ideia de um "*world cinema*", expressa na busca de filmes com "temática regional e estética universal".

Outro fator para analisar os modelos de comunicabilidade é a aproximação entre cinema e televisão. Os modelos mais transparentes, tradicionalmente associados à teledramaturgia, passaram a ser incorporados à produção cinematográfica como forma de atrair a audiência para o cinema brasileiro. De um lado, o *star system* da TV Globo tornou-se parte fundamental de um modelo industrialista, calcado no poder carismático do ator protagonista. Diversos estudos analisaram a permeabilidade entre os dois campos, a ponto de alguns autores chegarem a acusar que o cinema brasileiro estava sendo dominado por uma "estética televisiva", de modo que o ritmo de montagem ou os recursos gramaticais de campo-contracampo e a ênfase em planos médios e fechados, com a ausência de planos gerais, reproduziam as convenções da recepção das obras audiovisuais em aparelhos domésticos. Os filmes produzidos por Dilermando Trindade, pela Diler & Associados, centravam sua dramaturgia na popularidade de personalidades da televisão, como Renato Aragão, Xuxa Meneghel e até mesmo o Padre Marcelo Rossi. Esse movimento acentuou-se com a entrada da TV Globo no campo cinematográfico, por meio da criação da Globo Filmes, visando à produção de filmes brasileiros de grande bilheteria, voltados a um consumo de massa.

O social palatável e a "cosmética da fome"

Se o cinema brasileiro precisava denotar um sentimento de pertencimento a um país, por meio de abordagens sobre questões sociais, era preciso conjugá-lo com estratégias de comunicabilidade, para torná-lo palatável e agradável ao respeitável público.

Ivana Bentes (2007) causou grande repercussão, ao promover uma análise crítica de como o cinema dos anos 1990 revisitpu espaços sociais, como o sertão e a favela, transformando-os em "jardins exóticos", com uma abordagem meramente folclórica e folhetinesca, esvaziando esses territórios como *locus* de um discurso político de reflexão ou transformação desses contextos sociais.

Para tanto, Ivana promove uma relação com o discurso do Cinema Novo, utilizado novamente como pilar central de reflexão sobre a trajetória do cinema brasileiro. A autora utiliza um contraponto com a expressão "estética da fome", cunhada por Glauber Rocha como forma de propor uma nova abordagem de como o cinema poderia refletir sobre o contexto de miserabilidade. Em vez de transformar a fome num discurso afirmativo, utilizando a violência como base de uma nova linguagem que violentaria a percepção do espectador, como propunha Glauber, ativando uma nova consciência sobre a questão social, o "cinema da retomada" produzia imagens-clichês da miséria e do sofrimento, que revelavam o paternalismo europeu em relação ao Terceiro Mundo. Para Bentes (2007), o sertão ou a favela tornavam-se palco e museu para serem admirados à distância, como parte de um "folclore-mundo pronto para ser consumido por qualquer audiência", como o "sertão romantizado" de Central do Brasil ou a "favela pop" de Cidade de Deus.

Para a autora, os espaços geográficos tipicamente relacionados ao debate das desigualdades sociais brasileiras, conforme expressos na vocação política do Cinema Novo, apresentam-se, no discurso do "cinema da retomada", totalmente diluídos em seu sentido político, tornando-se meros instrumentos retóricos de resgate a uma memória como patrimônio petrificado, sem, de fato, atualizar o debate político para as circunstâncias específicas da sociedade brasileira da época. A extrema estilização e fetichização dos elementos associados à miséria e à exclusão transformam esses espaços em meras mercadorias expostas na vitrine do processo de modernização e mundialização da cultura brasileira.

O artigo de Bentes procurou apontar para os paradoxos do "equilíbrio conciliatório", levantando a discussão de que a abordagem histórica de boa parte dos filmes brasileiros do período era mera roupagem, ou ainda, apenas uma estratégia política de legitimação de sua suposta relevância social, mas que revelava, no fundo, um esvaziamento das questões sociais, por apresentá-las de forma superficial, como mero palco de espetáculo ou vitrine de consumo para o espectador-consumidor. Dessa forma, esses filmes eram de fato completamente opostos ao Cinema Novo, cujo projeto estético visava à reflexão sobre a situação social brasileira, em torno da ideia de subdesenvolvimento. Segundo a linha apontada por Bentes, o "cinema da retomada" transformava a história e a política em mera mercadoria numa vitrine global, optando pelo consumo de imagens atraentes em vez de uma reflexão mais profunda sobre a conjuntura sociopolítica brasileira.

O "equilíbrio conciliatório" revela as contradições em torno das quais a abordagem social de muitos filmes do "cinema da retomada" se expressa, adequando-se às conveniências de uma sociedade de mercado. No fundo, o "cinema da retomada" foi a expressão mais genuína de um projeto cultural do novo governo, em torno dos próprios paradoxos da "social-democracia". Ou seja, durante os oito anos de Governo Fernando Henrique Cardoso, sob a direção do Ministro Francisco Weffort – que conseguiu o raro feito para um ministro da Cultura de permanecer no sempre tumultuoso cargo por um longo período, entre 1995 e 2002 – o cinema brasileiro se integrou a um projeto que via a Cultura como elemento conciliatório (entre a Cultura e o mercado, entre a crítica e o público). Ou ainda, em um país ainda em estágio de restabelecimento da democracia institucional, a Cultura era um elemento de recuperação de nossa autoestima, de continuidade dos valores artísticos e sociais brasileiros, desde que adequada a um projeto desenvolvimentista, que via na integração ao mercado global a forma de inserir a sociedade brasileira num caminho de progresso social.

Ortiz Ramos (1983) analisou as tensões do cinema brasileiro entre o final dos anos 1950 e início dos anos 1960 entre um projeto "industrial-universalista" e outro "nacional-culturalista"[24]. O "equilíbrio conciliatório" do "cinema

---

[24] A proposta de Ortiz Ramos em sintetizar os amplos debates do meio ci-

da retomada" propunha uma espécie de entremeio entre os dois extremos. De um lado, apresentava-se como um modelo de cinema industrial, visando integrar-se aos rumos do mercado mundial, por meio de modelos de comunicabilidade em torno de narrativas universalizantes. De outro lado, apresentava-se como representante da identidade cultural de um povo e de um país, apresentando temas de relevância social, retornando a espaços como o sertão ou a favela, ancorando-se na tradição do cinema moderno brasileiro, representada pelo Cinema Novo. No entanto, os paradoxos desse projeto podem ser vistos pela dificuldade de harmonia entre os princípios conciliatórios. De um lado, o cinema brasileiro não conseguiu uma trajetória estável de reocupação do mercado interno, estacionando num patamar em torno de 15% de participação de mercado. De outro, salvo algumas exceções, o cinema brasileiro não conseguiu produzir um número expressivo de obras selecionadas para os maiores festivais internacionais de prestígio, prejudicando o projeto cosmopolita de maior inserção no mercado externo.

---

nematográfico do período em torno de duas tendências diametralmente opostas pode contribuir para apagar diversas das nuances, zonas de cinza no entremeio desses polos vistos como excludentes, conforme bem aponta Simis (2015, p. 265). Ao transpor o modelo esquemático de Ortiz Ramos para o contexto do cinema brasileiro dos anos 1990, corro o risco de cair no mesmo risco de simplificação. Antes de buscar ratificar essas antinomias, meu gesto é o de trazer à tona justamente as contradições do ideário da retomada, em que o cosmopolitismo muitas vezes convivia, de forma não raras vezes incongruente ou desconfortável, com um projeto nacionalista – e que esse embate, de alguma forma, não é algo totalmente novo. De outro lado, mesmo com o risco dessa simplificação, considero a proposta de Ortiz Ramos formidável, pois gera um debate fecundo e nada trivial, que ressoa até os dias de hoje.

Um aspecto adicional deve ser observado na argumentação de Bentes. Ainda que a autora vise a explicitar as contradições do "cinema da retomada" no que tange ao seu ideário sociopolítico, ao cunhar a expressão "cosmética da fome", ela acaba novamente referindo-se ao Cinema Novo como relação de ancoragem. Ou seja, a crítica ao tom sociopolítico do "cinema da retomada" poderia ter sido realizada sem a necessidade de se referir ao Cinema Novo como norte de comparação.

É curioso, portanto, perceber que, mesmo com abordagens quase opostas, as análises de Zanin Oricchio e de Ivana Bentes possuem uma base em comum. Isto é, se Zanin elogia o "cinema da retomada" por se aproximar do Cinema Novo ao propor um olhar sobre a identidade de um país e Bentes o critica justamente por se afastar da essência do movimento, ambos utilizam o Cinema Novo como balança a partir da qual os acertos ou desacertos do presente devem ser medidos. Essas relações funcionam para ratificar a posição central do Cinema Novo na escritura da história do cinema brasileiro, conforme estabelecido pela historiografia clássica.

Assim, mesmo tendo uma posição bastante crítica ao "cinema da retomada", ou seja, quase oposta a Zanin, Bentes acaba reforçando uma constatação desse autor, já reproduzida aqui anteriormente:

> Mas, enfim, por mais criticado e problemático que seja, o Cinema Novo tem sido considerado a fase áurea da produção nacional, com o qual todo aspirante a cineasta se sente obrigado a medir forças, seja assumindo

sua influência, seja enfrentando-o, renegando-o ou mesmo denegando-o, no sentido psicanalítico do termo — isto é, fazendo de conta que não existiu (Zanin Oricchio, 2003, p. 34).

À margem (I): os cineastas estreantes e os "fora do eixo"

Como parte expressiva da atividade econômica do Brasil está concentrada no eixo Rio de Janeiro-São Paulo, as potenciais empresas investidoras, maiores arrecadadoras do imposto de renda (IR), estão concentradas nesses estados, tornando mais difícil a captação de recursos por empresas sediadas em outros pontos do País. Além disso, a dedução fiscal limitada a 4% do IR das empresas, sem estabelecer distintos percentuais de dedução por faixas de faturamento, acabava tornando, na prática, o investimento em audiovisual possível apenas para grandes corporações, inviabilizando a participação de pequenas e médias empresas, ou mesmo de pessoas físicas. Ainda que teoricamente o investimento por esses agentes fosse possível, na prática os valores se tornavam muito pequenos para justificar o enorme custo burocrático.

Dessa forma, o modelo das leis de incentivo foi, em muitas medidas, concentrador. Em estudo anterior (Ikeda, 2015), mostrei, a partir de dados da própria Ancine, que mais de 85% dos recursos captados pelas leis de incentivo fiscais foram destinados para empresas produtoras sediadas no Rio de Janeiro ou em São Paulo.

Mesmo investidores de outros estados optavam por destinar recursos para projetos de produtoras do eixo RJ--SP, em busca de maior visibilidade para seus projetos. Dados da Cartografia do Audiovisual Cearense (Bizerril, 2012) revelam que 70% dos recursos investidos no setor audiovisual pelas leis de incentivo fiscal pelo Banco do Nordeste do Brasil (BNB), cuja função seria a de promover o desenvolvimento regional, foram destinados a empresas fluminenses e paulistas que apresentaram projetos "com temática nordestina".

Além disso, esse modelo hegemônico de financiamento, por meio das leis de incentivo fiscal, acabava naturalmente privilegiando empresas produtoras já estabelecidas, com projetos de perfil nitidamente comercial. Assim, o modelo implicava bastantes dificuldades para um cineasta estreante que procurava realizar seu primeiro longa--metragem, cujo projeto envolvia a tradição do cinema de autor, com um trabalho mais elaborado de linguagem cinematográfica, voltado prioritariamente para outro segmento que não fosse o mercado de shopping.

Qual deveria ser o caminho do jovem cineasta autoral em busca de seu primeiro filme? Segundo as tradicionais diretrizes implícitas desse modelo, a estratégia mais típica seria construir uma trajetória, por meio da participação e da premiação de seus curtas-metragens nos principais festivais de cinema do País (em especial, Brasília e Gramado), para que, a partir desse "portfolio", pudesse chamar a atenção de uma empresa produtora já estabelecida, que fornecesse a devida estrutura para a captação de recursos para o seu primeiro longa.

No entanto, mesmo os mais premiados curta-metragistas brasileiros não conseguiriam realizar seus primeiros filmes se seus projetos não tivessem aderência ao projeto do "cinema da retomada". Dois exemplos sintomáticos da dificuldade de cineastas estreantes realizarem seus primeiros filmes são os casos de Eduardo Nunes e Camilo Cavalcante.

Formado em Cinema pela Universidade Federal Fluminense (UFF), Eduardo Nunes realizou cinco curtas-metragens entre 1994 e 2001 que estão entre os mais premiados nos festivais de cinema do País: *Sopro* (codirigido com Flávio Zettel, 1994), *Terral* (1995), *A Infância da Mulher Barbada* (1996), *Tropel* (2000) e *Reminiscência* (2001). Esses curtas ganharam mais de 40 prêmios e foram exibidos em importantes festivais internacionais, como Rotterdam, Berlim, Clermont-Ferrand, Havana, Biarritz, e, premiados nos dois mais tradicionais festivais de cinema do País: Brasília e Gramado.

Todo esse percurso o credenciaria à realização de seu primeiro longa-metragem. No entanto, seu cinema de rarefação da narrativa, permeado de planos de longa duração e extremo rigor de composição visual e sonora, não preenchia os requisitos do "cinema da retomada". Eduardo Nunes desenvolvia um projeto de cinema absolutamente pessoal, com um trabalho singular de linguagem que o distanciava de uma proposta mais aberta de comunicabilidade (narrativa transparente, identificação das personagens, etc.) nem possuía uma ancoragem socio-histórica, com temas sobre a identidade nacional brasileira. Desse modo, *Sudoeste*, primeiro longa-metragem de Nunes, cuja primeira versão do roteiro foi elaborada em 1997, somente teve sua primeira exibição pública em 2011, quase quinze anos depois.

Caso semelhante ocorreu com Camilo Cavalcante. O diretor pernambucano também se tornou um dos curtas-metragistas mais premiados do País, com um conjunto de obras, realizadas especialmente entre 1996 e 2005 – *Hambre hombre* (1996), *Os dois velhinhos* (1996), *Alma cega* (1997), *Ocaso* (1997), *Amorte* (1999), *Matarás* (1999), *Leviatã* (1999), *O velho, o mar e o lago* (2000), *A história da eternidade* (2003), *Rapsódia para um homem comum* (2005) –, em diversos formatos, entre o vídeo (do VHS ao digital), 16mm e 35mm.

Seu primeiro longa-metragem, *A história da eternidade*, só ficou pronto em 2014, recebendo o prêmio de Melhor Filme no Festival de Cinema de Paulínia e participando do prestigioso Festival de Cinema de Rotterdam (IFFR). Foram cerca de doze anos entre a primeira versão do roteiro e a finalização do filme. Cavalcante passou, ainda, por dois laboratórios de roteiro, para adequá-lo às exigências dos editais (Carneiro, 2015).

Ou seja, mesmo dois dos mais premiados curta-metragistas brasileiros – e ainda associados a empresas produtoras estabelecidas, com maior expertise para a captação de recursos (no caso de Nunes, a Superfilmes (SP), de Zita Carvalhosa, e no de Cavalcante, a República Pureza Filmes (RJ), de Marcelo Ludwig Maia) – só conseguiram realizar seus primeiros longas-metragens mais de dez anos após a elaboração do projeto inicial, apenas alcançando fazê-lo na primeira década dos anos 2010, quando o cinema brasileiro já vivia um outro momento, em termos da conformação das políticas públicas, com o Governo Lula.

Os casos de Eduardo Nunes e Camilo Cavalcante são apenas exemplos da dificuldade para um jovem cineasta, mesmo com uma reconhecida trajetória como curta-metragista, realizar o seu primeiro longa-metragem, uma vez que seu projeto não tivesse aderência aos preceitos do "cinema da retomada". O realizador teria maiores condições de financiamento, caso apresentasse seu projeto por uma empresa produtora já estabelecida e adequasse seus roteiros aos padrões de "bom gosto e de comunicabilidade", devendo aguardar por muitos anos a gradual etapa de captação de recursos para a viabilização de seus projetos.

Esses dados, portanto, relativizam a euforia das estatísticas compiladas por Nagib (2002), que revelam a grande quantidade de estreantes em longa-metragem no período da retomada. É preciso observar que o modelo de captação de recursos estimulou o ingresso na atividade de empresas de publicidade ou de agentes (os chamados "captadores") próximos a possíveis investidores. Essa forma de financiamento estimulou a entrada de estreantes aderentes ao ideário da retomada.

No entanto, se o projeto não tivesse aderência aos padrões implícitos do "cinema da retomada", as possibilidades de captação de recursos com empresas privadas se mostravam bastante reduzidas. As possibilidades acabavam, na prática, se resumindo a poucas opções. A primeira era a captação de recursos por meio das empresas públicas, que abriam seus editais de seleção pública de projetos anualmente. As principais empresas públicas que investiram – a partir dos anos 1990 – com mais regularidade, foram a Petrobras e o BNDES. Ainda que com particularidades, é possível separar o perfil de investimento desses dois órgãos – a Petrobrás patrocinava projetos audiovisuais por meio de Lei Rouanet, buscando aqueles com perfil mais autoral, enquanto o BNDES investia pelo Art. 1º da Lei do Audiovisual, buscando porpostas mais comerciais e empresas mais estruturadas.

Outro caminho eram os editais regionais ou o investimento dos governos estaduais e municipais. *Baile Perfumado* (1996), de Lírio Ferreira e Paulo Caldas, por exemplo, foi financiado pelo Governo do Estado de Pernambuco, pela Eletrobras, e pelo Banco do Nordeste.

Mas a principal possibilidade dos cineastas estreantes acabou sendo um edital de fomento direto seletivo realizado pela Secretaria do Audiovisual do Ministério da Cultura – o Edital de Longa-Metragem de Baixo Orçamento, também conhecido como B.O. Nesse edital de concurso público, os recursos são aportados diretamente pelo Estado, sem captação pela empresa proponente. Era formada uma comissão que selecionava os projetos segundo o mérito artístico da proposta. O Edital começou incentivando projetos no valor de R$ 600 mil, ampliando este valor, até atingir R$ 1,2 milhão por projeto.

O Edital de B.O. foi responsável pela viabilização do primeiro longa-metragem de ficção de alguns dos mais importantes curta-metragistas dos anos 1990. Entre eles, podem ser citados *Amarelo Manga* (2002), de Cláudio Assis; *Houve uma vez dois verões* (2002), de Jorge Furtado; e *O invasor* (2002), de Beto Brant, aprovados na edição de 2000. Na edição seguinte, em 2001, foram contemplados projetos como *Árido movie* (2005), de Lírio Ferreira, e *Serras da desordem* (2006), de Andrea Tonacci.

Outros filmes realizados em editais posteriores, como *A concepção* (2005), de José Eduardo Belmonte; *Estômago* (2007), de Marcos Jorge; *O grão* (2007), de Petrus Cariry; *Filmefobia* (2008), de Kiko Goifman; *O som ao redor* (2012), de Kleber Mendonça Filho; e *Depois da chuva* (2013), de Cláudio Marques e Marília Hughes, comprovam a contribuição desse edital para o cinema de pesquisa de linguagem. Tanto *Sudoeste* quanto *A história da eternidade* foram realizados com recursos desse edital.

Vemos, então, como o "cinema da retomada", por meio da política pública, assume uma lógica totêmica. Apesar das distorções apontadas nas leis de incentivo fiscal, é possível afirmar que a política pública criou uma linha de contrapeso ao perfil industrialista, privilegiando filmes de pesquisa de linguagem, como o edital de B.O., de fomento direto. No entanto, os valores empreendidos nesse edital foram muito mais reduzidos em relação aos valores captados pelas leis de incentivo fiscal. Ainda, mesmo no edital B.O., houve a aprovação de projetos com tendências industrialistas, como *Avassaladoras* (2002), de Mara Mourão; e *Cine Holliúdy* (2012), de Halder Gomes.

De forma análoga, é também possível identificar um aumento de filmes da Região Nordeste, especialmente pelo destaque conferido ao cinema pernambucano, como *Baile perfumado* (1996), de Lírio Ferreira e Paulo Caldas; *O Rap do Pequeno Príncipe Contra as Almas Sebosas* (2000), de Marcelo Luna e Paulo Caldas; *Amarelo Manga* (2002), de Cláudio Assis; ou os cearenses *Corisco e Dadá* (1996), de Rosemberg Cariry; e *Milagre em Juazeiro* (1999), de Wolney Oliveira. No entanto, são exceções, já que, como vimos, mais de 85% dos valores captados foram destinados para projetos de empresas sediadas nas duas maiores cidades do País.

É esse tipo de ação que legitima a afirmação de Sérgio Rezende quando diz que "o cinema brasileiro é uma sorveteria de todos os sabores": isto é, se há filmes de grande bilheteria e de grande orçamento, há também projetos de todas as regiões do Brasil, de estreantes e de pesquisa de linguagem. Parece haver um princípio democratizante, um "espaço para todos" e não um ideário estético prescritivo. Só que determinados sabores são produzidos em muito menor escala. A princípio, apresenta-se o argumento que os sabores mais escassos são aqueles de menor demanda pelo público (como se o *mercado* e a *sociedade* fossem termos equivalentes). Mas o fato concreto oferece indícios que a relação é muito mais complexa, até porque os orçamentos captados não são diretamente proporcionais ao número de espectadores. Cineastas como Paulo Thiago (*Policarpo Quaresma* [1998], *O vestido* [2003]) e Zelito Viana (*Villa Lobos* [2000], *Bela noite para voar* [2008]) permaneceram realizando obras de grande orçamento ainda que seus filmes apresentassem um limitado apelo comercial. Por que esses projetos conseguiram tal nível expressivo de captação, apesar de suas visíveis limitações comerciais? Ora, porque, além da notável influência sociopolítica de seus veteranos realizadores, avalizados, ainda que como coadjuvantes, em torno de uma certa tradição do cânone do cinema brasileiro (o Cinema Novo), eram projetos aderentes à lógica do "cinema da retomada".

À margem (II): os filmes-processo (o caso de Eduardo Coutinho)

Mas não foram apenas os cineastas estreantes que enfrentaram dificuldades para realizar seus projetos. As leis de incentivo e o processo de seleção de projetos com base nos concursos de roteiro estimulam a escolha de projetos com um formato mais próximo do modelo industrial típico da transparência do cinema clássico narrativo. O discurso de que a aplicação de recursos públicos deve ser orientada para projetos com alto grau de previsibilidade acaba por entrever um método que privilegia filmes realizados segundo um modelo de produção industrial, em que seu processo de realização se desenvolve firmemente ancorado em um roteiro prévio, de modo que o planejamento de produção e a decupagem oferecem um método econômico e seguro de redução dos imprevistos, de padronização dos procedimentos técnicos, tornando o diretor mais um técnico que executa o planejamento do produtor do que propriamente um artista em estado de constante inquietação e experimentação.

Dessa forma, projetos com características mais processuais, ou seja, que fogem da execução por meio do modelo clássico industrial, e que instauram que o próprio processo é parte determinante do método de realização da obra, passam a ter dificuldades em serem aprovados diante dos parâmetros institucionalizados por esse sistema de seleção.

O caso mais típico é o de Eduardo Coutinho, considerado por muitos o maior documentarista do cinema brasileiro. Ligado ao Cinema Novo, por meio da realização do projeto originário de *Cabra marcado para morrer* (1984), presente em qualquer antologia sobre o cinema brasileiro, Coutinho, a partir de meados de 1990, encontrou, por meio do digital, um método singular – tão singular que alguns o chamaram de "método Coutinho" – de realizar "filmes de conversa", termo melhor do que filmes de entrevista, por meio de uma abordagem inovadora para o documentário brasileiro que expressa uma poética singular, calcada num olhar renovado para a oralidade e a memória (Rodrigues, 2012).

No entanto, os filmes de Coutinho estavam ancorados numa estrutura que escapava totalmente dos modelos clássicos de documentário, baseados na objetividade e na importância social de seus objetos, ou nos métodos ancorados em pesquisa prévia sobre o tema, justificativa, material de arquivo. Basicamente, seus filmes se consistiam num método de pesquisa em que era preciso encontrar as pessoas e filmá-las. Assim, a estrutura era aparentemente simples: seus projetos se resumiam a poucas páginas em que era apresentado seu dispositivo. Com isso, Coutinho encontrou enormes dificuldades para ter seus projetos aprovados nos editais públicos disponíveis para a atividade audiovisual.

Só foi possível para Coutinho permanecer filmando porque ele encontrou um mecenas – um produtor disposto a disponibilizar os recursos para seus filmes, muitas vezes mesmo sem qualquer lei de incentivo ou edital público. Era João Moreira Salles, que, por meio de sua produtora

VideoFilmes, passou, com recursos próprios, a financiar os projetos de Coutinho após *Santo Forte* (1998)[25].

Como imaginar um filme como *O fim e o princípio* (2006), em que o realizador chega a uma pequena comunidade rural no interior da Paraíba, sem roteiro ou personagens previamente escolhidos, sendo apresentado para uma comissão de seleção em um edital público? Os filmes de Coutinho assemelham-se a projetos de pesquisa, em que se parte de uma metodologia prévia em torno de um conceito ou de uma hipótese, mas que é o próprio percurso do projeto que irá explicitar quais serão os objetos em si a serem retratados. O imprevisto e o acaso passavam a ser partes estruturantes do processo de realização, que incorporava a vida como matéria-prima do seu próprio desenvolvimento. No entanto, os requisitos dos editais públicos e as exigências do processo de prestação de contas, em que o orçamento para uma obra audiovisual precisa ser previamente aprovado e executado em rubricas previamente definidas e mensuráveis, segundo um cronograma físico e financeiro, dificultavam a aprovação de projetos dessa natureza.

Em suma, as distorções do modelo das leis de incentivo não afetavam apenas os cineastas estreantes ou realizadores fora do eixo Rio-São Paulo. Mesmo realizadores veteranos do eixo enfrentavam dificuldades caso seus

---

[25] Os Moreira Salles passaram a financiar o cinema de Coutinho após a repercussão de *Santo Forte* (1998). Este filme, fundamental para a revitalização da filmografia de Coutinho, foi realizado graças à atuação de José Carlos Avellar, em sua gestão como presidente da RioFilme.

projetos não fossem modelados com aderência ao ideário implícito do "cinema da retomada".

O terceiro elo do tripé: a rede de festivais de cinema

Se a política pública e o jornalismo cultural tiveram papel fundamental para corroborar os valores do "cinema da retomada", o outro elemento desse tripé é a formação de uma rede de festivais de cinema no País.

Nos anos 1990, os festivais de cinema no Brasil viviam um momento de expansão e amadurecimento, formando um circuito bastante amplo e diverso. No entanto, o perfil dos principais festivais de cinema do período, liderados por Brasília e Gramado, e seguidos por um conjunto de outros festivais, como os de Pernambuco (Cine PE), Ceará, Vitória, Cuiabá, Curitiba, Florianópolis (FAM), Maranhão (Guarnicê), entre outros, funcionava como uma espécie de circuito hegemônico, integrando um papel decisivo para a legitimação do "cinema da retomada", ao conferir visibilidade para um ideário prescritivo sobre o cinema brasileiro do período.

Em muitas medidas, o circuito dos festivais oferecia-se como complementar ao circuito exibidor, que sofria transformações que dificultavam ainda mais a penetração do filme brasileiro independente. Contando com o apoio fundamental do jornalismo cultural, que reverberava esses eventos para além de suas cidades-sede, os festivais não apenas chamavam a atenção do público para os filmes de maior repercussão, como vitrine para seu futuro lançamento comercial, mas acabavam também legitimando um projeto prescritivo para o cinema brasileiro.

Como vimos anteriormente, o número de salas de cinema comerciais no País reduziu consideravelmente entre as décadas de 1970 e 1990. Em 1995, eram apenas 1.033 salas, número dois terços inferior ao registrado vinte anos antes. A partir de meados dos anos 1990, o número de salas no País começou a aumentar progressivamente, mas num outro modelo. Os cinemas de rua passavam a ceder espaço aos *multiplexes*, com outro formato de programação, tornando mais difícil a exibição de filmes brasileiros, em especial os de distribuidoras independentes.

Como o mercado exibidor tornava-se pequeno e concentrado, com amplo domínio dos filmes distribuídos pelas *majors*, para a maior parte dos filmes brasileiros as mostras e festivais de cinema acabavam se tornando o principal veículo de visibilidade dessas obras. Ainda, como o custo de publicidade havia subido substancialmente no período, em especial os anúncios na televisão aberta, a mídia espontânea adquirida nos festivais de cinema revelava-se a possibilidade para a obra chegar ao circuito comercial com uma referência artística prévia. Para os chamados "filmes médios", que não contavam com recursos expressivos de propaganda para o seu lançamento, nem com atores perfeitamente integrados ao modelo do *star system*, os festivais de cinema eram um ponto estratégico para que essas obras fossem mais conhecidas pelo público.

Na verdade, essa estratégia dependia da ação de outro elo complementar: o jornalismo cultural. Era a grande mídia, com suas matérias, entrevistas e notícias, a responsável por ampliar o alcance do festival para um público além da cidade em que o evento era sediado. Dessa forma, a sustentação de valores do "cinema da retomada" ocorreu por esse tripé: a política pública, que financiava obras de empresas produtoras que representavam um equilíbrio conciliatório entre participação de mercado e relevância cultural do cinema brasileiro; os festivais de cinema, que sustentavam a valoração do prestígio artístico e a suposta diversidade do cinema brasileiro; e o jornalismo cultural, que legitimava os valores desse modelo, amplificando o impacto desses eventos e mostrando que o cinema brasileiro estava se reconstituindo e que precisava existir, pois cumpria uma função social.

Decerto que os festivais de cinema não surgiram nos anos 1990[26]. Os dois mais longevos festivais de cinema de filmes brasileiros a manter sua continuidade anual – o de Brasília e o de Gramado – tiveram suas primeiras edições, respectivamente, em 1965 e 1973[27]. Já os dois principais festivais internacionais de cinema no País – a Mostra Internacional de Cinema de São Paulo e o Festival do Rio – iniciaram suas atividades em 1977 e 1985[28].

---

[26] Para uma síntese sobre as questões bibliográficas e historiográficas sobre os festivais de cinema no Brasil, ver a tese de Mager (2019).
[27] O evento surgiu em 1965 como Semana do Cinema Brasileiro. Apenas em 1967, passou a se denominar como Festival de Brasília do Cinema Brasileiro. O festival foi interrompido entre 1972 e 1974, devido à ditadura militar. Para mais detalhes, ver Caetano (2007b).
[28] O Festival do Rio nasceu da junção entre dois eventos, a Mostra Rio – Mostra Internacional do Filme e o Rio Cine Festival, ocorrida em 1999. Os antecedentes do evento, no entanto, podem ser identificados na Mostra Banco Nacional de Cinema, organizada por Adhemar Oliveira e a equipe do Grupo Estação entre 1989 e 1995, que passou a se chamar Mostra Rio.

No entanto, é justamente a partir dos anos 1990 que o número de festivais de cinema realizados no Brasil cresceu consideravelmente. A redemocratização contribuiu para uma reorganização dos eventos e atividades culturais ao longo de todo o País. Além disso, a Lei Rouanet, em conjunto com instrumentos estaduais e municipais que surgiam nesse período, tornou-se uma fonte de financiamento sólida para os eventos culturais.

A partir de meados dos anos 1990, intensificado no início dos anos 2000, os festivais de cinema deixaram de ter uma influência isolada e formaram um circuito. Em abril de 2000, foi criado o Fórum dos Festivais, uma associação de organizadores de eventos audiovisuais com o intuito de "fortalecer o circuito brasileiro de eventos audiovisuais, lutar pela melhoria das suas condições de viabilidade, estimular a busca pela excelência na execução dos projetos, promover ações de divulgação da importância dos festivais e interagir com todos os segmentos da chamada cadeia produtiva audiovisual." (Leal e Mattos, 2008). Assim, nos anos 1990 começaram a se estabelecer no circuito dos festivais eventos em cidades como Recife (Cine PE), Ceará (Cine Ceará), Teresina (Festival de Vídeo de Teresina), Natal, Cuiabá, Vitória, Florianópolis (FAM – Florianópolis Audiovisual Mercosul), Tiradentes, entre outras. Nesse caso, em conjunção com uma tendência mundial (Berlim, Can-

---

Já o Rio Cine Festival começou em 1985, organizado por Walkíria Barbosa. Considerei, portanto, a origem do Festival do Rio o ano de 1985, ainda que o evento tenha assumido este nome apenas em 1999. Para mais detalhes sobre o Festival do Rio, ver a tese de Mattos (2018).

nes, Veneza), as cidades (ou estados) estavam presentes no próprio título do festival.

O circuito de mostras e festivais de cinema no Brasil permaneceu em contínuo crescimento nas décadas seguintes. Segundo Leal e Mattos (2008), enquanto em 1999 foram realizados apenas 38 eventos, o número cresceu para 132 em 2006, sendo 22 deles em sua primeira edição e apenas 30 eventos em pelo menos sua décima edição. Entre 2006 e 2009, a rede de festivais quase dobrou em apenas três anos (de 132 para 243 eventos). Corrêa (2018), em importante estudo que realiza um extensivo mapeamento dos festivais de cinema no País, mostra a realização de 356 eventos em 2018, sendo que 70 deles em sua primeira edição.

Gráfico 1 – Festivais de cinema por ano de realização (1999-2018)

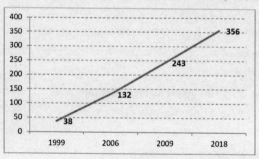

Fonte: Leal e Mattos (2008); Corrêa (2018)

O circuito de festivais se multiplicou e se diversificou, especialmente a partir de meados dos anos 2000. No entanto, em sua fase inicial de expansão, a partir dos anos 1990, a configuração dos festivais de maior prestígio e destaque no interior dessa rede estava primordialmente voltada a conferir visibilidade para os longas-metragens brasileiros que eram produzidos pelas leis de incentivo fiscais, consolidando para o público a importância social e cultural do cinema brasileiro. Os festivais acabaram funcionando como elo estratégico para a promoção dos filmes numa etapa anterior ao lançamento comercial no circuito exibidor, contando com o fundamental apoio do jornalismo cultural, tornando-se difusores do ideário do "cinema da retomada".

Em meados dos anos 1990, os primeiros longas-metragens brasileiros finalizados mediante os novos mecanismos estatais de fomento tinham consideráveis dificuldades para seu lançamento comercial, já que as principais distribuidoras estabelecidas no mercado eram as *majors*, e havia raras distribuidoras independentes. A saída acabou sendo a distribuição pela recém-criada RioFilme, mas que enfrentava as dificuldades por ser uma distribuidora pública, em esfera municipal. Dessa forma, os festivais de cinema acabaram formando um verdadeiro circuito alternativo à exibição comercial, conferindo visibilidade a esse conjunto de filmes. Tornava-se, então, a principal vitrine para que os formadores de opinião, especialmente a mídia impressa, destacasse a importância social do cinema brasileiro. Dessa forma, o aumento do número dos festivais de cinema nesse período funcionou como parte dessa estratégia dupla: em primeiro lugar, conferir visibilidade ao cinema brasileiro, em especial em cidades fora do eixo Rio-São Paulo, onde esses filmes tinham muitas dificuldades para serem vistos, dadas as características do mercado exibidor da época; e, em segundo, a formação de um circuito que conferia legitimidade às políticas públicas para o desenvolvimento do audiovisual brasileiro, como comprovação de sua capacidade artística e técnica. Ou seja, os festivais de cinema foram o ponto nodal de legitimação dos valores que formaram o chamado "cinema da retomada". Estes eventos geravam um burburinho, reverberado pelo jornalismo cultural, atuando como suporte para a legitimação do cinema brasileiro, e, no caso dos filmes mais bem sucedidos, também como plataforma de divulgação dos filmes nacionais para o posterior lançamento no circuito comercial.

Desse modo, a legitimação do "cinema da retomada" ocorria por uma complementaridade entre a repercussão comercial e a artística. O número de ingressos vendidos no mercado de salas de exibição era o indicador para avaliar o sucesso dessas políticas quanto à reocupação do mercado interno e a reconciliação do cinema brasileiro com seu público. De outro lado, de forma complementar, os festivais de cinema e a crítica cinematográfica, por meio do jornalismo cultural. legitimavam a importância social do cinema brasileiro, corroborando novos cânones que reforçavam seu prestígio artístico.

Como os principais veículos do jornalismo cultural se concentravam nos lançamentos de fim de semana, ou então em grandes eventos com a presença de personalidades da indústria do entretenimento, os festivais de cinema revelaram-se a oportunidade para o perfil de matérias do jornalismo cultural hegemônico, que, como vimos, sofreu intensas modificações nesse período. O espaço antes ocupado por críticas de perfil mais reflexivo passava a ser preenchido com a cobertura de eventos, com matérias e notícias sobre os bastidores, entrevistas com atores e o processo de produção dos filmes.

Dessa forma, boa parte dos festivais de cinema assumia uma configuração que se adequava ao perfil do jornalismo cultural hegemônico, de forma que o evento ganhasse mais visibilidade. O espaço conferido nos grandes veículos de imprensa era um dos principais meios de valorizar o festival, tornando-o assim mais atrativo para as empresas que patrocinavam o evento por meio de recursos da Lei Rouanet, ou mesmo conferia palanque e holofotes para os políticos dos estados e prefeituras que também apoiavam o evento. Com isso, muitos festivais de cinema sofreram problemas análogos aos do jornalismo cultural: deixaram o seu lado primordialmente reflexivo para atrair a audiência, buscando lotar as sessões presenciais e especialmente gerar matérias nos principais veículos de imprensa.

Ao mesmo tempo, os festivais não poderiam estar pautados simplesmente na seleção de filmes que representavam sucessos de bilheteria. Era preciso manter o seu prestígio artístico, como forma de mostrar à sociedade a importância cultural do cinema brasileiro para despertar questões relevantes do seu tempo. O circuito de festivais funcionava, como vimos, de forma complementar às obras que visavam exclusivamente à performance comercial, sem envolver um circuito de valoração artística, e que eram diretamente lançadas no circuito comercial sem exibição prévia no circuito de festivais. Ou seja, o cinema não era apenas um produto integrado à lógica comercial da indústria do entretenimento, mas os filmes também despertavam valores artísticos e sociais relevantes, ao expressar "um país que olhava para dentro de si". Os paradoxos da seleção de filmes dos festivais de cinema revelavam-se ao buscar esse equilíbrio muitas vezes improvável, entre o comercial e o artístico, entre os padrões de comunicabilidade e sua relevância cultural. Ou seja, o papel dos festivais de cinema era reforçar o prestígio artístico do cinema brasileiro em torno da ideia totêmica de "diversidade".

Os festivais eram também um espaço político para a classe audiovisual se mobilizar em prol da consolidação do modelo de incentivo público que garantiu as condições para sua sobrevivência. É preciso observar que, no período entre o fim da década de 1990 e os primeiros anos da década de 2000, o modelo de apoio estatal à produção cinematográfica ainda não estava plenamente consolidado. As leis de incentivo fiscal revelavam não serem instrumentos suficientes para que a participação de mercado do cinema brasileiro se mantivesse numa trajetória sustentável de pelo menos dois dígitos. Havia uma sensação de crise, com a redução na captação de recursos, devido às crises econômicas do final dos anos 1990, diminuindo a capacidade de aporte de recursos pelas empresas. O Congresso Brasileiro de Cinema (CBC) em 2000, liderado por Gustavo Dahl, reuniu um conjunto de produtores, distribuidores e exibidores em torno de uma "repolitização" em prol do cinema brasileiro (Ikeda, 2015). Se os festivais eram um ponto de encontro entre os agentes da indústria cinematográfica, nesse período seu papel passou a se dedicar mais quanto à articulação política em torno da expansão dos mecanismos de incentivo estatais à produção do que propriamente o de aprofundar um debate em termos estéticos ou conceituais. Os traumas dos atos do Governo Collor transformaram, por um lado, a maior parte dos festivais de cinema em "discursos oficiais de defesa" (vitrines da relevância cultural e da importância da sobrevivência do cinema brasileiro) e, de outro, na proposição de uma agenda política, sobre os modelos de participação estatal na indução do desenvolvimento do setor.

Como exemplo, podemos citar o seminário intitulado "Cinema brasileiro hoje", realizado como parte da programação do Festival de Brasília em 1998. Contando, em sua abertura, com a presença de mais de 300 participantes entre profissionais de cinema, imprensa e autoridades, espremidos na Sala Alberto Nepomuceno do Hotel Nacional de Brasília, improvisada como auditório, o Seminário foi um espaço político para repolitizar o cinema brasileiro, com uma agenda de debates sobre o "Estado e o mercado" (Sevá, 2010). Esse seminário foi passo fundamental para a formação do III Congresso Brasileiro de Cinema (CBC), realizado dois anos mais tarde, e que, por sua vez, foi a primeira semente para a criação da Agência Nacional do Cinema (Ancine) em setembro de 2001. Como preparação para o III CBC, os festivais de Curitiba, Ceará e novamente Brasília, nas edições de 1999 e 2000, foram espaços fundamentais para consolidar a agenda política do momento.

Em suma, é possível elencar algumas características em comum da rede de festivais que se consolidou a partir dos anos 1990, legitimando os valores de "cinema da retomada". A ênfase na presença de convidados e a participação da mídia do entretenimento, com influências da moda e do colunismo social, fizeram com que esses eventos ficassem conhecidos como o modelo "tapete vermelho"[29]:

- presença na seleção de filmes de narrativa linear sem grandes inovações estéticas, de maior apelo comercial e modelos clássicos de comunicabilidade, com um *star system* de atores da teledramaturgia;
- documentários de perfil clássico ou transparente (em quantidade escassa, sem grande destaque na programação, exibidos primordialmente para cobrir uma "cota defensiva") selecionados pela relevância social

---

[29] Decerto que há muito mais nuances nesse retrato do perfil dos festivais de cinema nos anos 1990 e 2000. Em uma primeira abordagem, o Festival de Gramado e o de Paulínia eram vistos como eventos que privilegiavam os aspectos comerciais e o *star system*, enquanto o Festival de Brasília permanecia como reduto político e de invenção do cinema brasileiro. Outros festivais de nicho, como o É Tudo Verdade (documentários) e o Anima Mundi (animações), entre vários outros, inseriam outras nuances no retrato aqui apresentado. No entanto, se, no Festival de Brasília, realizadores veteranos associados ao "cinema de invenção", como Júlio Bressane e Carlos Reichenbach, permaneciam marcando presença, havia também a seleção de filmes com padrões médios de comunicabilidade, como *Amor & Cia* (1998), de Helvécio Ratton; *Traição* (1998), de Arthur Fontes, Cláudio Torres e José Henrique Fonseca; e *Gêmeas* (1999), de Andrucha Waddington, entre outros. De forma análoga, no Festival de Gramado e no de Paulínia, foram exibidos filmes de invenção, como forma de aumentar a legitimação artística do evento, entre os quais estão *Serras da desordem* (2002), de Andrea Tonacci; *Castelar e Dantas no país dos generais* (2003), de Carlos Alberto Prates Correa; e filmes de estreantes, como *No meu lugar* (2002), de Eduardo Valente ou *A história da eternidade* (2005), de Camilo Cavalcante. Ou seja, os festivais, ainda que com perfis razoavelmente definidos, se inseriram na lógica totêmica do cinema brasileiro a partir dos anos 1990, mostrando que "havia espaço para todos os tipos de cinema". Analiso com mais detalhes o perfil dos festivais nesse período em minha tese de doutorado (Ikeda, 2021a).

do tema ou pelo carisma e importância dos entrevistados em detrimento de novas estratégias de abordagem;
- preferência para filmes com modelos oficiais mais estruturados de produção, com captação de recursos, e realizados por empresas produtoras consolidadas;
- preferência ou exclusividade para obras finalizadas em 35mm, inclusive para curtas-metragens;
- debates sobre os filmes realizados no hotel principal do evento, na manhã seguinte após a exibição, sem a presença do público, mas concentrada em profissionais da imprensa, estruturados como coletivas de imprensa para divulgação do filme e para sessão de fotos com o elenco, em vez de um debate mais aprofundado sobre as premissas estéticas da obra;
- perfil da assessoria de imprensa, conferindo facilidade de acesso para cobertura do evento para jornalistas de veículos midiáticos de maior expressão (televisão, jornais e revistas impressos, etc.), em detrimento dos críticos especializados;
- homenagens a atores da teledramaturgia sem grande expressão artística no cinema, cujo maior objetivo era a expressão midiática;
- debates (quando ocorriam) voltados para homenagens (em tom nostálgico ou meramente vinculado ao passado como patrimônio) ou questões de política pública e organização do setor enquanto classe, em detrimento das questões estéticas.

Nesse modelo, o jornalista selecionado para cobrir o festival realizava uma abordagem mais próxima à cobertura de um evento, como se representasse em última instância "a divulgação de uma festa em apoio à sobrevivência do cinema brasileiro" do que propriamente a de um crítico especializado que poderia promover uma análise distanciada do festival, inclusive colocando em crise ou em perspectiva suas escolhas. No primeiro caso, o máximo de discordância que poderia haver seria a de uma polêmica, com certo sensacionalismo criado para "vender jornal": um filme vaiado pelo público, uma declaração bombástica de um cineasta, uma ação política da classe contra o governo, as discordâncias em torno da premiação, etc. As coberturas estavam mais próximas das estratégias do colunismo social do que propriamente da crítica cinematográfica. Em suma, os festivais estabelecidos acabaram sendo muito mais um *locus* de promoção de uma certa imagem do cinema brasileiro do período do que propriamente um espaço de interlocução entre rumos estéticos e propostas de linguagem[30].

---

[30] O perfil desse conjunto de festivais hegemônicos dos anos 1990 entrará em contraste com uma rede de festivais surgidos a partir dos anos 2000, com um perfil curatorial que buscará destacar a contribuição de obras à margem desse circuito, exatamente por não possuírem aderência ao "cinema da retomada". Entre esses eventos, a Mostra do Filme Livre (RJ) e o CineEsquemaNovo (RS) são pioneiros. Em seguida, com a repercussão da Mostra de Cinema de Tiradentes (MG) a partir de 2007, quando críticos de cinema da Revista Cinética assumiram a curadoria do evento, implementando outro perfil curatorial, outros eventos se destacaram, como a Semana dos Realizadores (RJ), o Panorama Internacional Coisa de Cinema (BA), o Janela Internacional de Cinema do Recife (PE) e o Olhar de Cinema (PR), entre outros. Analiso com mais detalhes o impacto da formação desse novo circuito em minha tese de doutorado (Ikeda, 2021a).

O cinema de prestígio artístico e seu circuito de legitimação

O "cinema da retomada" buscava, portanto, um equilíbrio entre a ênfase comercial e a vocação artística. Era preciso um cinema de feição autoral, que dialogasse com questões sociais relevantes sobre a identidade cultural do País, mas de uma forma que propusesse um certo diálogo com o público.

Citamos exemplos de filmes que conseguiram aliar essas duas vertentes de maneira expressiva. Outros cineastas, no entanto, adquiriram legitimidade ao desenvolver um cinema de prestígio artístico que oferecesse valores razoáveis de comunicabilidade. Estavam, portanto, num ponto intermediário entre *Central do Brasil* e *Tudo é Brasil*, utilizando a dicotomia estabelecida pela *Revista Contracampo*. Tratava-se de jovens cineastas que representavam um espírito artístico crítico de inquietude, mas que poderiam ser integrados ao suposto discurso da diversidade em torno do "cinema da retomada". Se esses filmes geravam um certo incômodo, ao revelar valores diferentes do típico ideário do "cinema da retomada", eles poderiam ser integrados a partir de um olhar conciliador, incorporando os discursos de "diversidade totalizante".

Desse modo, os considerados mais relevantes cineastas autorais desse período foram os que realizaram filmes de prestígio artístico mas que possuíam razoável grau de comunicabilidade, com filmes na casa dos 50 a 100 mil ingressos vendidos. No entanto, a legitimidade artística não era mediada pela performance comercial mas pelo percurso nos festivais de cinema, especialmente os internacionais, e a recepção da crítica especializada. Com a premiação nos festivais e o espaço na grande mídia, especialmente a impressa (jornais), esses filmes conseguiam uma relativa visibilidade que estimulava a adesão de uma certa faixa de frequência do público nas salas de cinema, concentradas nas salas do chamado "circuito de arte", em dois principais exibidores: o Grupo Estação (RJ) e o Espaço de Cinema (SP). Entre os cineastas que estão neste grupo, podem ser listados Cláudio Assis, Lírio Ferreira, Paulo Caldas e Marcelo Gomes (os pernambucanos), Karim Aïnouz e Sérgio Machado (dois cineastas nordestinos – o primeiro, cearense, e o segundo, baiano – que tiveram suas carreiras alavancadas ao serem produzidos pela VideoFilmes de Walter Salles, no Rio de Janeiro), os paulistas Anna Muylaert, Beto Brant, Eliane Caffé, Laís Bodansky e Tata Amaral, e o porto-alegrense Jorge Furtado, representante do grupo da Casa de Cinema de Porto Alegre. Todos esses cineastas estrearam em longas-metragens entre meados dos anos 1990 e início dos anos 2000.

Dessa forma, houve a formação de um certo circuito para conferir legitimidade aos "filmes médios" realizados pelos cineastas de perfil autoral. A exibição em mostras e festivais de cinema funcionava como etapa preliminar para o lançamento comercial do filme. As possíveis premiações e as matérias jornalísticas publicadas na grande mídia que cobria os eventos funcionavam como capital simbólico para impulsionar a performance comercial. Ou seja, o cinema autoral brasileiro, produzido por empresas produtoras, a partir do modelo das leis de incentivo, encontrou no circuito dos festivais e no jornalismo cultural da grande mídia um modelo para atingir uma certa parcela do público consumidor, dando retorno aos investidores e à sociedade sobre a relevância de sua produção. Os festivais de cinema tornavam-se espaços de visibilidade e divulgação do filme para o grande público. Havia, então, uma associação implícita entre os principais festivais de cinema e a grande crítica. Formava-se uma competição entre os produtores, que buscavam a seleção de seus filmes em festivais que oferecessem maior visibilidade à sua obra, com direta associação com a cobertura da grande imprensa, em especial os principais jornais impressos do Rio de Janeiro e São Paulo (*O Globo*, *Folha de São Paulo*, *O Estado de S. Paulo*), ou os canais de televisão fechados e abertos.

Estabelecia-se, portanto, uma certa hierarquização dos festivais segundo a potencial visibilidade conferida às obras exibidas. Os dois principais festivais de cinema do País eram o Festival de Brasília e de Gramado, particularmente dedicados ao cinema brasileiro, com singular atenção da mídia especializada. Em seguida, dois festivais de destaque, ainda que o cinema brasileiro não fosse o cardápio principal, eram o Festival do Rio e a Mostra Internacional de Cinema de São Paulo. Em um segundo bloco, surgiam outros festivais regionais, como Cine Ceará e Cine PE.

No entanto, o mercado de distribuição e exibição alterou-se radicalmente a partir dos anos 2000, causando dificuldades para os filmes de distribuidoras independentes, ou seja, que não eram lançados pelas *majors*. Com a criação das redes de *multiplexes* e o contínuo fechamento dos cinemas de rua, o espaço para o cinema autoral brasileiro acabou cada vez mais reduzido. O circuito comercial acirrou uma divisão abissal: de um lado, o *multiplex*, que privilegiava o cinema comercial de bilheteria, em especial os *blockbusters*[31] estrangeiros distribuídos pelas *majors*; e, de outro, o circuito do chamado "cinema de arte". No entanto, este circuito estava concentrado em dois exibidores: Estação e Espaço, que, por sua vez, eram os organizadores, respectivamente do Festival do Rio e da Mostra SP[32]. O "circuito de arte", pequeno e concentrado, não conseguia oferecer meios adequados para o escoamento do cada vez

---

[31] *Blockbusters* é o termo utilizado para os filmes arrasa-quarteirão, lançados simultaneamente em um grande número de salas de cinema, tornando-se filmes-evento que atraem as principais atenções do público consumidor em certo período de tempo. O termo se popularizou com as estratégias inovadoras do executivo Lew Wasserman pela *major* Universal a partir de *Tubarão* (1976).

[32] O termo "salas de arte" é um jargão institucionalizado pelo mercado, que abrange salas de cinema cuja programação está primordialmente voltada para cinéfilos, que buscam o cinema como forma de reflexão artística e não propriamente de entretenimento, cuja programação é dominada por distribuidoras independentes com predomínio de filmes de outras nacionalidades fora a norte-americana e que escapam da classificação típica do cinema de gênero. Os grupos Estação e Espaço controlam pouco mais de 50% do circuito de "salas de arte", concentrados especialmente no eixo Rio de Janeiro/São Paulo. Existem outras salas de arte no País, como o Cinema do Dragão (CE), o Cine São Luiz (PE) e o Espaço Itaú de Cinema – Glauber Rocha (BA), muitas delas mantidas com recursos públicos, concentradas nas capitais dos estados. Essa denominação, no entanto, acaba por reforçar estereótipos sobre os filmes programados nesse circuito. Há também complexos de cinema, como os administrados por Adhemar Oliveira, do Grupo Espaço, que possuem uma programação mista, ao mesmo tempo ocupada com *blockbusters* e com filmes de prestígio artístico premiados em festivais internacionais de cinema. Uso aqui o termo "salas de arte" para fins de simplificação, apesar de reconhecer suas inevitáveis limitações.

maior número de filmes brasileiros, além de todos os demais filmes estrangeiros "autorais" que não encontravam espaço nos *multiplexes*. O perfil do mercado de multiplex era voltado especialmente para jovens, e as produções que visavam à inserção nos festivais eram voltadas para o público adulto, com dramas realistas. Além disso, a ampla disseminação da Internet e a transição para a projeção digital nos cinemas intensificaram a eficiência dos lançamentos abertos, em escala global. Os *blockbusters* passavam a ocupar as salas de cinema simultaneamente em boa parte dos países do mundo, otimizando seus investimentos em propaganda, que ressoavam internacionalmente. Essas tendências agravaram os problemas de distribuição dos filmes independentes. A maior parte da receita das salas de cinema passava a se concentrar, de forma cada vez mais intensa, em poucos títulos: os *blockbusters* exibidos em diversas salas de um mesmo *multiplex*. O "filme médio", que era a base de sustentação da indústria, passou a ter crescentes dificuldades, já que, sem grandes investimentos de propaganda, dependiam do boca a boca para a sua sustentação em cartaz, e, no atual modelo, os filmes permanecem poucas semanas em cartaz, com rendimentos semanais decrescentes. O excesso de oferta, estimulado pelo digital, impulsionava a multiprogramação nas salas independentes, de modo que mais de um filme passava a dividir a grade de uma mesma sala de cinema, reduzindo sua receita e sua visibilidade. Ou seja, um conjunto de transformações do circuito exibidor, com os *multiplexes* e a projeção digital, provocou impactos nas estratégias de distribuição dos filmes, acirrando o abismo entre o *block-*

buster e o "filme de nicho", criando enormes dificuldades de sustentação para o "filme médio", que, alijado dos *multiplexes*, dominados pelos *blockbusters*, acabava disputando espaço no cada vez mais acirrado circuito de exibição independente.

Dessa forma, havia uma crise: o espaço para as coberturas jornalísticas de cinema – e para a Cultura em geral – na grande mídia era cada vez mais reduzido, e os filmes brasileiros – mesmo os de destaque nos principais festivais de cinema no País – não conseguiam adequada visibilidade no circuito exibidor. Assim, os números de bilheteria para o cinema autoral brasileiro foram cada vez mais se reduzindo.

A tabela abaixo compila alguns resultados de bilheteria de filmes de alguns dos mais destacados diretores autorais brasileiros do período. A partir de meados dos anos 2000, a *performance* dos filmes desses diretores foi, em média, diminuindo drasticamente, e, a meu ver, essa queda não deve ser relacionada somente à "qualidade" dos filmes em si mas também às transformações do mercado cinematográfico.

Diversos dos principais representantes de um cinema mais autoral nos anos 1990 não conseguiram dar sustentabilidade à sua proposta artística. A captação de recursos os levava a aguardar largos períodos para a realização de um novo filme, e seu impacto crítico e comercial acabava se diluindo. O mercado era cada vez mais tomado pelos *blockbusters* lançados nos *multiplexes*, com amplos lançamentos massivos que ocupavam simultaneamente mais de 1 mil salas no País. Os filmes autorais, em número cada vez maior, a partir da implementação do digital, disputavam o mesmo circuito de salas, permanecendo menos tempo em cartaz, em horários alternados. Os tradicionais festivais de cinema e a crítica cinematográfica dos grandes veículos tinham cada vez mais dificuldade de serem espaços de sustentação e legitimidade da cinematografia autoral brasileira. Ao mesmo tempo, havia uma sensação de que um número pequeno de filmes brasileiros era selecionado para festivais internacionais de prestígio. Havia, portanto, uma crise institucionalizada em fornecer legitimidade para os principais realizadores brasileiros de perfil autoral.

Tabela 1 – Número de ingressos vendidos por filme de diretores selecionados

FILME	DIREÇÃO	ANO	ESPECT*
Baile Perfumado	Lírio Ferreira e Paulo Caldas	1997	73.062
O país do desejo	Paulo Caldas	2013	1.699
Sangue azul	Lírio Ferreira	2015	10.044
Cinema, aspirina e urubus	Marcelo Gomes	2005	105.526
Era uma vez eu, Verônica	Marcelo Gomes	2012	20.956
O invasor	Beto Brant	2002	103.810
O amor segundo B. Schianberg	Beto Brant	2010	4.273
Amarelo manga	Cláudio Assis	2003	129.021
Big jato	Cláudio Assis	2016	11.528

Os narradores de Javé	Eliane Caffé	2004	67.026
O sol do meio-dia	Eliane Caffé	2010	3.889
Antônia	Tata Amaral	2007	79.428
Hoje	Tata Amaral	2013	7.525
Madame Satã	Karim Aïnouz	2002	163.161
O abismo prateado	Karim Aïnouz	2013	11.708
Cidade baixa	Sérgio Machado	2005	128.134
Tudo que aprendemos juntos	Sérgio Machado	2015	25.816

Fonte: OCA/ANCINE.
*ESPECT – número de ingressos vendidos

Nesse momento, a própria crítica de cinema sofria transformações: os textos passavam a ser resenhas; eram publicadas não críticas, mas matérias jornalísticas com trechos de entrevistas com os diretores, numa forma de publicidade dos filmes. A crítica jornalística se confundiu com a publicidade, e espelhou a redução do espaço da crítica nos cadernos culturais. Ao mesmo tempo, as revistas impressas de cinema quase todas fecharam, especialmente com o surgimento de sites sobre cinema na Internet. Mesmo críticos do campo hegemônico (imprensa escrita) passaram a escrever em seus sites ou nos *blogs* dos grandes veículos (Merten, Zanin).

Essas mudanças aproximaram a cobertura dos cadernos culturais de publicidade de eventos da indústria do entretenimento, dificultando a cobertura de filmes com um perfil de prestígio artístico. O potencial da crítica cinematográfica em alavancar a repercussão de certos filmes brasileiros se revelava cada vez menor. O modelo anteriormente estabelecido, com uma aliança implícita entre os festivais de cinema e o jornalismo cultural, não conseguia mais dar sustentação para que os filmes de prestígio artístico atingissem uma parcela minimamente expressiva de espectadores em seu lançamento comercial nas salas de cinema no País.

Vários exemplos podem ser dados. Mesmo tendo sido vencedor do prêmio de Melhor Filme no Festival de Brasília de 2009, *Era uma vez Verônica*, de Marcelo Gomes, atingiu pouco menos de 21 mil espectadores em seu lançamento comercial, enquanto seu filme anterior, *Cinema, aspirinas e urubus*, superou a marca de 100 mil. O mesmo aconteceu com *Big jato* e *Hoje*, também vencedores do Festival de Brasília e que mal alcançaram 10 mil espectadores em seus respectivos lançamentos comerciais.

Ou seja, muitos dos cineastas considerados como "jovens promissores" em seus primeiros filmes realizados na década de 1990 não conseguiram dar sustentação à sua produção cinematográfica nas décadas seguintes, apontando para uma crise do circuito de legitimação dos talentos artísticos do cinema brasileiro do período. É como se os "jovens cineastas promissores" dos anos 1990 já fossem considerados "velhos" na década de 2010, antes mesmo de atingir a maturidade. Ou seja, busco apontar para um cenário estrutural de limitadores de um sistema que implicou em expressas dificuldades para que esses artistas conseguissem de fato alavancar suas carreiras e expandir o potencial de sua geração. Dos cineastas listados na tabela anterior, o que melhor conseguiu desenvolver sua filmografia de forma menos instável foi o cearense Karim Aïnouz, talvez não por acaso o único que se estabeleceu fora do Brasil, residindo em Berlim, e também Anna Muylaert, especialmente com a repercussão de *Que horas ela volta?* (2015).

O que a "retomada" deixou de fora?

O ideário prescritivo do "cinema da retomada", ainda que exposto de forma implícita, acabou empurrando para as margens um conjunto de obras, tendências e realizadores, cujos projetos ou não conseguiam financiamento para serem realizados, ou não atingiam visibilidade, ainda que prontos, por não terem aderência ao "cinema da retomada". O jornalismo cultural, a crítica cinematográfica, os festivais de cinema e a política pública engajaram-se no esforço de recuperação do cinema brasileiro, em torno de uma certa "imagem" do cinema e do País.

Já comentamos anteriormente como a *Revista Contracampo*, composta por jovens críticos de cinema universitários, com valores distintos da grande mídia, jogou luz para essas contradições, ao promover uma comparação provocativa entre *Central do Brasil* e *Tudo é Brasil*. Assim como os estúdios norte-americanos descartaram o gênio Orson Welles pelo fato de o inquieto diretor não ter aderência ao sistema de valores da "política da boa vizinhança", o próprio Rogério Sganzerla integrava uma geração de realizadores que não edificava valores confortáveis para a instituição cinema brasileiro. Sua contribuição residia exatamente em problematizar os arranjos dessas construções.

Ou ainda, comentamos como Júlio Bressane, mesmo tendo realizado nada menos que cinco longas-metragens entre 1995 e 2003, não recebeu sequer uma linha de comentário no livro de Oricchio (2003), que propunha um amplo panorama de características e tendências do "cinema da retomada". Ainda que seja um dos nossos mais inventivos realizadores, a obra de Bressane ainda é pouco estudada, talvez pela densidade e complexidade de suas referências fílmicas, uma obra inclassificável que não consegue ser adestrada ou rotulada no interior de escolas, movimentos ou tendências – ou seja, trata-se de um objeto estranho para os métodos da "historiografia clássica".

Para além de realizadores e de obras esquecidos, o trabalho de uma nova geração de críticos é justamente o de revisitar os períodos históricos e exumar alguns desses corpos sepultados vivos. Nesse sentido, gostaria de destacar um ponto específico, muitas vezes negligenciado nesse debate do cinema brasileiro dos anos 1990: o embate entre cinema e vídeo.

Decerto o vídeo já possuía uma trajetória nas artes audiovisuais brasileiras, sendo utilizado seja desde os anos 1950 na televisão, quando enormes gravadores registravam em fitas "quadruplex" os programas ao vivo das emissoras, seja desde os anos 1970 por uma geração de artistas plásticos que, com uma câmera *portapak*, realizou as obras consideradas precursoras da videoarte no País.

No entanto, a partir de meados dos anos 1980 e intensificado nos anos 1990, o vídeo passou a ser mais largamente utilizado com o advento das novas tecnologias. Assim, surgiu um conjunto de debates sobre a diferença do vídeo em relação ao cinema. Boa parte desses debates procurava propor uma autonomia do vídeo em relação ao cinema, buscando definir características que pudessem consolidar o vídeo como um campo próprio, à parte do cinematográfico.

O debate, portanto, muitas vezes, saiu do campo estritamente teórico ou técnico, e resvalou na defesa política da autonomia de um novo campo. Como bem afirma Ivana Bentes (2003), havia um ressentimento mútuo, fortalecendo preconceitos em torno de uma hierarquia de poder, quando o cinema estigmatizava o vídeo como simplesmente o espaço da experimentação de amadores, enquanto o vídeo rotulava o cinema como mero produto dos executivos do mercado e suas obras de inspiração narrativa voltadas a um público de massa.

Em meados da década de 1980, o vídeo se estabeleceu, como parte dessa defesa por uma autonomia, mais firmemente calcado nos campos da videoarte e da televisão. Alguns autores defenderam que haveria um "específico do vídeo", uma diferença ontológica quanto à natureza da produção das imagens que tornaria o vídeo algo em si de outra natureza em relação ao cinema. Segundo esses autores, o suporte – a imagem eletrônica em contraposição à imagem fotoquímica – seria o elemento base a partir do qual seria possível pensar o vídeo como outra linguagem. Esses autores trabalharam o caráter de manipulação das imagens do vídeo – a possibilidade de alteração de cores e formas, a existência de incrustações e sobreposições. Quem fazia vídeos era um *videomaker* e não um cineasta.

Se as principais bandeiras do cinema brasileiro dos anos 1990 eram a ocupação de mercado, os modelos de financiamento a partir da política pública, o domínio das técnicas de transparência narrativa, com o aprimoramento dos roteiros e das curvas dramáticas de identificação com os personagens, o vídeo seria o espaço para "o novo", a experimentação radical de linguagem, a manipulação de seus elementos constitutivos. Alguns autores associavam a manipulação dessas imagens e de sua natureza híbrida a uma radical separação do real, a partir de uma ideia de simulacro, como típica característica de uma sociedade pós-moderna. O vídeo seria o lugar da saturação, do excesso ou da instabilidade, em nítido contraste com a transparência e o ilusionismo da narrativa clássica.

Dessa forma, as obras audiovisuais realizadas em vídeo não foram incluídas no circuito de visibilidade do "cinema da retomada", simplesmente por não serem consideradas "cinema" mas "vídeo". Havia, nos anos 1990, uma separação entre campos definida pela bitola cinematográfica: as obras em vídeo eram rotuladas como meramente experimentais, opondo-se aos valores da profissionalização da produção e das estratégias de comunicabilidade, típicos do "cinema da retomada".

Um exemplo dessa distinção pode ser visto nos próprios festivais de cinema. Os principais eventos dos anos 1990 segmentavam sua programação segundo a bitola de finalização das obras, e não aceitavam a inscrição de longas-metragens em vídeo. Somente curtas-metragens poderiam ser inscritos em vídeo, mas eram programados separadamente das sessões principais, ocupando espaços e horários nitidamente desprivilegiados em relação aos filmes finalizados em 35mm. O Festival de Brasília, o mais tradicional festival de cinema do País, sequer aceitava a inscrição de obras finalizadas em vídeo, seja de curtas ou de longas-metragens.

Como o mercado exibidor nos anos 1990 ainda era composto exclusivamente pela projeção em 35mm, os longas em vídeo não compunham o esforço industrialista de ocupação do mercado interno, sequer entrando nas estatísticas oficiais de produção cinematográfica. O vídeo provocou um *boom* da produção de documentários a partir dos anos 1990. No entanto, para que essas obras pudessem ser exibidas num festival de cinema ou pudessem ser lançadas comercialmente no mercado de salas de exibição, era preciso que as obras fossem finalizadas em 35mm. A simples mudança de suporte, com a passagem do vídeo para a película 35mm, num processo chamado de *transfer* ou *kinescopia*, muitas vezes era mais cara que o próprio custo de produção do documentário. No entanto, alguns editais públicos, como os que utilizavam o Art. 1º da Lei do Audiovisual, exigiam a finalização em 35mm, ainda que esses documentários fossem exibidos num circuito bastante restrito, que muitas vezes sequer remunerava o custo do *transfer*. Essa era uma das contradições do modelo das leis de incentivo, que se propunha industrialista, mas que apresentava diversas fissuras ou gambiarras em torno do seu emaranhado de exigências propostas pela legislação cinematográfica.

De todo modo, mesmo com visibilidade restrita, o vídeo permaneceu sendo produzido, e é importante perceber como sua produção não deve ser vista simplesmente como oposta à produção em película, mas como esses embates também trouxeram ranhuras, atritos e interferências na produção cinematográfica. Desse ponto de vista, é fundamental a contribuição de dois pensadores do vídeo nesse período, em apontar não somente as oposições mas também as intercessões entre vídeo e cinema no Brasil após os anos 1990: Ivana Bentes e Arlindo Machado.

Ivana Bentes (1993) afirma que o vídeo nos anos 1990 cumpriu o papel dos cinemas novos nos anos 1960, como o lugar da inquietação, da experimentação e da heterogeneidade, em contraposição à homogeneização da televisão e da apatia do cinema. No entanto, aponta algumas filiações do campo do cinema, como o cinema experimental brasileiro dos anos 1970, em especial o *Cinema Marginal* e o ciclo superoitista. Também pontua que existe uma linhagem ainda que recente no vídeo da década anterior, mesmo que embrionária. Bentes irá sinalizar, no cenário dos anos 1990, a importância do que chama de "documentário experimental", especialmente nas obras de Eduardo Coutinho e Arthur Omar, além da importância do projeto *Vídeo nas aldeias*, de Vincent Carelli. Entre a nova geração de realizadores, analisa obras de Carlos Nader e Sandra Kogut. Entre outros exemplos, destaca o longa-metragem *O fim do sem fim* (2001), realizado por um conjunto de diretores (Lucas Bambozzi, Beto Magalhães, Cao Guimarães) oriundos da videoarte, fruto da forte tradição mineira no formato.

A também autora prossegue, na linha já apontada por Bellour (1997) ou Dubois (2004), buscando investigar a influência do vídeo na realização de alguns filmes brasileiros a partir dos anos 1990. Segundo Bentes (2003), filmes como *Um céu de estrelas* (1996) ou *O invasor* (2001) incorporam a mobilidade da câmera de vídeo. Ou ainda, há filmes brasileiros dos anos 1990 que incorporam a linguagem do videoclipe, como *O invasor* (2001) e *O rap do pequeno príncipe contra as almas sebosas* (2000). Sobre o primeiro, a pesquisadora argumenta: "As sequências de passeio pela periferia paulista, com o comentário musical, funcionam quase como videoclipes autônomos e ao mesmo tempo decisivos na narrativa." (Bentes, 2003, p. 118)

Machado (1993) argumenta que a tão comentada "crise do cinema" nos anos 1990 na verdade abre espaço para outras oportunidades. Se o cinema lentamente se torna cada vez mais eletrônico, ao mesmo tempo o vídeo e a televisão também se deixam contaminar por procedimentos cinematográficos. Os filmes passam a ser pensados para funcionar também em telas pequenas, já que, mesmo na indústria, sua receita se torna cada vez mais dependente dos segmentos de mercado além da sala de exibição. O autor assinala que não apenas o cinema incorpora elementos do vídeo, mas também vice-versa, uma vez que a estética do vídeo prossegue a experimentação das vanguardas do início do século XX e do *underground* norte-americano a partir do pós-guerra. Para enfatizar essa relação de trânsito tendo em vista o cenário brasileiro, Machado relaciona artistas que começaram no campo do cinema mas que mudaram de suporte ou passaram a trabalhar nas duas linguagens, como Arthur Omar, Andrea Tonacci e Júlio Bressane.

Essas notas nos estimulam a reinserir no campo de debate do cinema brasileiro dos anos 1990 obras extremamente singulares que foram esquecidas simplesmente por terem sido finalizadas em vídeo. Entre muitos outros exemplos que poderiam ter sido citados, destaco o extraordinário *Sonhos e histórias de fantasmas* (1996), de Arthur Omar[33], e também os dois médias-metragens realizados por Júlio Bressane a partir dos poemas de Haroldo de Campos, *Galáxia Albina* (1992) e *Infernalário: logodédalo – Galáxia Dark* (1993)[34].

Os artigos de Bentes e Machado merecem a devida atenção por apontar fissuras no cenário do cinema brasileiro dos anos 1990, que já sinalizavam para a herança do vídeo e de outros formatos de produção para além do "cinema da retomada". Nesse sentido, é possível traçar heranças do vídeo nos modos de produção de realizadores da geração dos anos 2000, em filmes como o já citado *O fim do sem fim* (2000), de Lucas Bambozzi, Beto Magalhães e Cao Guimarães; *Passaporte húngaro* (2001), de Sandra Kogut; *33* (2002), de Kiko Goifman; *Rua de mão dupla* (2004), de Cao Guimarães; *Do outro lado do rio* (2004), de Lucas Bambozzi, entre outros.

Assim, o cinema brasileiro entre meados dos anos 1990 e o início dos anos 2000 deve ser visto para bem além do ideário prescritivo do "cinema da retomada". É preciso, então, perceber o "cinema da retomada" como um projeto, estabelecendo um recorte da produção cinematográfica do cinema brasileiro a partir de meados dos anos 1990. E, a partir dessa percepção, é preciso compreender o que essa

---

[33] Um dos raros veículos que destacaram a contribuição dessa obra de Omar foi a *Contracampo*. Ver a crítica de Felipe Bragança (2006). Na edição n. 29 da Revista, foram publicados quatro artigos sobre a obra de Arthur Omar.
[34] Para mais detalhes sobre o díptico *Galáxias*, ver o artigo de Costa (2007).

expressão deixa de fora, o que ela joga para as periferias ou para as margens, como algo meramente supérfluo ou desprezível, ou seja, o que a narrativa canônica do cinema do período excluiu, simplesmente por não possuir aderência a esse ideário prescritivo.

Essa distinção será importante não apenas para melhor compreender movimentos subterrâneos no cinema brasileiro dos anos 1990 mas também para perceber os movimentos de origem de tendências que irão melhor desabrochar nas décadas seguintes.

A partir de meados dos anos 2000, em especial entre 2005 e 2015, surgiu uma nova geração de realizadores no cinema brasileiro, conhecida como "novíssimo cinema brasileiro" (Valente e Kogan, 2009), "cinema de garagem" (Ikeda e Lima, 2011) ou "cinema pós-industrial" (Migliorin, 2011). Essa geração renovou os modos de fazer do cinema brasileiro, propondo outros valores em relação ao ideário prescritivo do "cinema da retomada". Acredito que muitos dos limites e fissuras do "cinema da retomada" ficaram evidenciados quando essa geração posterior expôs seus valores e foi galgando espaços de legitimidade, a partir da recepção em festivais de prestígio no exterior, e acompanhando movimentos de transformação na crítica cinematográfica e na curadoria de uma nova rede de festivais de cinema no País.

O cinema dos "novíssimos" irá se contrapor ao "cinema da retomada" mas não propriamente ao cinema dos anos 1990. É preciso perceber um certo movimento de continuidade, ainda pouquíssimo percebido. O cinema da jovem geração de realizadores dos anos 2000 irá dialogar com o cinema brasileiro da década anterior exatamente naquilo que o "cinema da retomada" deixou de fora, empurrando para a invisibilidade. O gesto que proponho é o de apontar que essa geração atualiza o cinema brasileiro dos anos 1990 por incorporar, ou seja, por reintroduzir para o campo da visibilidade histórica, justamente aquilo que foi considerado como mero dejeto, insignificante ou desprezível, por não ter aderência ao "cinema da retomada".

A retomada como ruptura do modelo de ciclos

Uma questão delicada que, em geral, os críticos e pesquisadores evitam responder é definir um marco final para a retomada. Se *Carlota Joaquina* foi escolhido, sem muitas divergências, como marco inicial do período, restaria a pergunta: até quando durou o "cinema da retomada"?

Em seu livro *Cinema de novo*, Zanin afirmou que a retomada se encerrou com *Cidade de Deus*. O boom de 2003, quando os filmes nacionais atingiram uma participação de mercado de 21,4%, com *blockbusters* como *Carandiru*, *Lisbela e o prisioneiro*, e *Os normais*, talvez passasse a impressão de que o cinema brasileiro não mais correria o risco da descontinuidade. Por outro lado, poderíamos pensar que a criação da Ancine, com uma estrutura programática de apoio ao cinema brasileiro, representaria o fim da retomada. De todo modo, a crítica não é unânime em demarcar quando acaba a retomada.

No entanto, se não se sabe quando acabou a retomada, parece não haver dúvidas que ela de fato já se encerrou. Nas reportagens, matérias, críticas e pesquisas sobre o cinema brasileiro, desde os anos 2000, o uso do termo foi desaparecendo. O cinema brasileiro não estaria mais "em processo de retomada", pois ele já retomou. Assim, o próprio discurso da retomada só se sustenta quando se considera que o cinema brasileiro está ameaçado. A retomada insere implicitamente a proximidade do fim.

Uma vez que o cinema brasileiro não estava mais ameaçado e que o fluxo de produção se restabeleceu, ainda que com percalços, o termo passou a não ser mais usado simplesmente porque ele não era mais de nenhuma serventia.

No entanto, restava um desconforto. Na lógica canônica dos "ciclos", a retomada deveria acabar para dar lugar a um novo ciclo, que romperia com o anterior, e se estabeleceria como algo novo. Por outro lado, para que um ciclo acabe (e comece outro), é preciso que haja uma crise. Mas se o "cinema da retomada" acabou, não houve nenhuma crise em si para superá-lo, e nenhum outro termo para substituí-lo.

Ou seja, uma vez que o "cinema da retomada" denotava um projeto totalizante, ele não se definia mais como um ciclo. O cinema brasileiro rompia sua evolução por meio de ciclos como surtos criativos, que têm origem, desenvolvimento e degeneração.

Por esse ponto de vista, o "cinema da retomada" foi extremamente bem-sucedido, como estratégia que recuperou o cinema brasileiro de sua grave crise institucional dos primeiros anos da década de 1990. O fim da Embrafilme, com os atos neoliberais do Governo Collor, foi apenas um marco simbólico, que, na verdade, expressava uma crise institucional mais grave do próprio cinema brasileiro. É preciso observar que, desde meados dos anos 1980, o setor vivia assolado por uma tendência de definhamento. Após a disputa entre Gustavo Dahl e Roberto Farias pela presidência do órgão, a Embrafilme entrou num período de indefinições e de instabilidade financeira. Após uma fase áurea, a estatal passou a ser duramente criticada tanto por cineastas que não recebiam os financiamentos quanto por certos setores, cada vez maiores, da grande mídia, como os jornalistas Matinas Suzuki Jr. e Paulo Francis. *Cinema cativo* (1987), livro de Ipojuca Pontes, apresenta um subtítulo que denota o tom do debate nesse período: "reflexões sobre a miséria do cinema nacional". Nesse livro, uma coletânea de artigos para a imprensa, Pontes promove uma dura crítica à Embrafilme e ao modelo de financiamento público do cinema brasileiro. A partir da repercussão desses artigos, Pontes integrou posteriormente o Governo Collor, tendo sido um dos responsáveis pelo desmanche das políticas públicas para a cultura promovidas por esse governo.

 Além disso, a escalada do Cinema da Boca em direção ao filme de sexo explícito fragilizava, ainda mais, a percepção da sociedade sobre o cinema brasileiro. Se a pornochanchada foi estigmatizada por sua abordagem das questões sexuais, o filme de sexo explícito escancarou a percepção distorcida que o cinema nacional era meramente um produto vulgar e socialmente irrelevante.

 Dado esse contexto, se o cinema da retomada era uma estratégia para garantir a sobrevivência perene do cinema brasileiro, então o discurso foi bem-sucedido.

O fomento público, ainda que em moldes diferentes da Embrafilme, permaneceu como principal fonte de financiamento para o cinema brasileiro, sob uma estrutura mais sólida. Se as leis de incentivo fiscais foram um primeiro passo para a recuperação da crise, a criação da Agência Nacional do Cinema (Ancine) forneceu uma estrutura mais robusta para que o cinema brasileiro tivesse uma trajetória mais duradoura. O arcabouço jurídico-institucional da Ancine foi estabelecido de forma tão sólida, como uma agência reguladora, que nem mesmo a direta oposição do governo Bolsonaro conseguiu demolir a agência. É preciso perceber que o grande ideólogo da Ancine, Gustavo Dahl, havia sobrevivido aos traumas das disputas da Embrafilme e os atos do Governo Collor. Dessa forma, ainda que algumas críticas possam evidentemente ser feitas em relação aos rumos da Ancine, parece ser bem evidente que o órgão possuiu suficiente robustez para contribuir para uma trajetória menos instável do cinema brasileiro. Instalada na gestão de Dahl e aprofundada na posterior gestão de Manoel Rangel, a Ancine completou, em 2021, vinte anos de atividades, período em que o audiovisual brasileiro não apenas ampliou mas também diversificou sua produção, avançando, por exemplo, para a animação e para as séries dos canais de televisão por assinatura, estimulado pelas cotas de conteúdo nacional dispostas pela Lei 12.485/2011.

Além disso, o "equilíbrio conciliatório" entre filmes de tendência autoral de expressa relevância social e obras de modelos mais lineares de comunicabilidade contribuiu para reverter a imagem social do cinema brasileiro, despertando a atenção seja da grande mídia (o jornalismo cultural e os críticos especializados) seja do grande público. Quando o governo Bolsonaro atuou para a extinção da Ancine, a partir de 2019, o cenário institucional do cinema brasileiro era totalmente diverso do que existia em 1990: o cinema brasileiro passava por um ciclo virtuoso, e a opinião pública defendeu o órgão, destacando a importância econômica, social e cultural do cinema brasileiro. Ou seja, em trinta anos, o cinema brasileiro reverteu sua imagem diante da sociedade, e o início dessa trajetória ocorreu por essa bem-sucedida articulação implícita em torno do "cinema da retomada".

Como bem afirma Escorel (2005), os ciclos refletem a percepção de que o cinema brasileiro nunca foi uma atividade perene, mas que oscila entre a euforia e a depressão, sendo contestado ou por uma elite intelectual ou pelo grande público. A grande contribuição da lógica totêmica do "cinema da retomada" foi reverter a crise do início dos anos 1990 sem estabelecer um novo ciclo, mas preparando bases mais perenes para o desenvolvimento do cinema brasileiro. Se, para tanto, o ideário prescritivo do "cinema da retomada" incorreu em distorções e apagamentos, domesticando uma certa imagem do cinema brasileiro, surgiu, a partir dos anos 2000, uma nova geração de agentes, entre realizadores, críticos, curadores e gestores públicos, que pôde contrabalançar certas tendências, reintroduzindo no campo cinematográfico elementos que haviam sido descartados ou negligenciados por não possuírem aderência estrita a esse ideário. *E la nave va.*

Que fim teve a retomada?

Desse modo, concluo este livro lançando a provocação se o "cinema da retomada" acabou de fato. Talvez essa expressão não seja mais adotada simplesmente porque ela perdeu sua eficácia como discurso. Como não serve mais, passou a ser desconsiderada, caiu em desuso, antes de ter propriamente um fim. A proposta de retomada não serve mais ao atual momento do cinema brasileiro, após consolidada a percepção de que ele não se encontra mais ameaçado.

Ao mesmo tempo, o cinema brasileiro dos anos 2000 não apresentou um caminho de ruptura, mas de continuidade em relação ao caminho pavimentado pelo "cinema da retomada". No entanto, é possível afirmar que o cinema brasileiro se diversificou para além do ideário prescritivo da retomada. Um dos maiores exemplos é a ascensão de uma nova geração do cinema brasileiro, a partir de meados dos anos 2000, que começou a fazer seus filmes fora dos circuitos de legitimação, estimulada pelas tecnologias digitais, chamada de "novíssimo cinema brasileiro", "cinema de garagem" ou "cinema pós-industrial". Essa geração, cujos valores eram radicalmente distintos do ideário prescritivo do "cinema da retomada" abriu novas perspectivas para o cinema brasileiro, estimulando transformações nos modos de produção, e legitimando-se a partir de mudanças na crítica cinematográfica e nos festivais de cinema, cujo contexto analisei detalhadamente em minha tese de doutorado (Ikeda, 2021a). Os valores dessa geração são aderentes às próprias transformações da sociedade brasileira após os anos 2000, introduzindo à cena novos agentes, em contraste com o desenvolvimento cosmopolita do governo FHC.

Ao mesmo tempo, é preciso perceber que diversos resquícios do "cinema da retomada" sobreviveram, mantendo-se presentes na estrutura de base do cinema brasileiro dos anos 2000 e mesmo na década de 2010. O "cinema da retomada" não acabou, ele se espraiou nas estruturas de poder do cinema brasileiro, não sendo substituído por outro ciclo, mas se perpetuando de forma difusa, em diversos recantos. A nova geração do "novíssimo cinema brasileiro" não substituiu o "cinema da retomada" como se fosse um novo ciclo, mas, no cinema brasileiro da segunda metade dos anos 2000, ambos puderam coexistir, como "aquela sorveteria que vende vários sabores", na expressão que citamos anteriormente de Sérgio Rezende.

A criação da Ancine insere novos elementos a essa questão, e, em especial, suas mudanças, especialmente a partir do momento em que Manoel Rangel substitui Gustavo Dahl na presidência do órgão. Dahl era um representante de um grupo de produtores ligados aos setores industrialistas do cinema brasileiro. O grupo industrialista carioca, liderado por Dahl, Luís Carlos Barreto e Cacá Diegues, curiosamente três cineastas/produtores ligados ao Cinema Novo, teve importância fundamental nos bastidores políticos para a aprovação das leis de incentivo, e, posteriormente, da Ancine. Esse grupo de cineastas, supostamente representando toda a classe audiovisual, apresentou ao governo uma proposta de política pública numa lógica aderente ao "cinema da retomada" e às políticas econômicas desenvolvidas no Governo FHC. Já Rangel, filiado ao PCdoB e ligado a movimentos de base do cinema brasileiro, como os curta-metragistas, documentaristas e cineclubistas, em especial, ligados a Associação Brasileira de Documentaristas e Curta-Metragistas (ABD&C), chegava à presidência da Ancine no Governo Lula com a perspectiva de promover uma ruptura radical no modelo de financiamento do cinema brasileiro do período, de vocação industrialista, concentrado em grandes empresas sediadas no Rio-São Paulo[35].

A gestão de Rangel à frente da Ancine de fato transformou o audiovisual brasileiro, especialmente a partir de 2013, quando, por impacto da Lei 12.485/11, o Fundo Setorial do Audiovisual sofreu grande impacto com um enorme aumento de recursos em mais de vinte vezes, quando as empresas de telecomunicações se tornaram contribuintes da Condecine, que alimentava o Fundo. Passava a haver, portanto, recursos suficientes para promover um olhar realmente abrangente e democratizante do cinema brasileiro. Programas de fomento como o DOCTV (criado, na verdade, um pouco antes, ainda na SAv/MinC), os Arranjos Regionais e os Núcleos Criativos inseriram outras lógicas na política pública. No entanto, é preciso perceber que esses novos programas foram introduzidos não substituindo o modelo vigente de incentivos fiscais mas em paralelo a ele. Isto é, apesar de todos esses incrementos, a política

---

[35] Para mais detalhes sobre a articulação do grupo de Dahl para a construção da Ancine e como a gestão de Rangel representou uma mudança de gerações no comando das políticas cinematográficas brasileiras, ver Ikeda (2021b).

pública na gestão de Rangel permaneceu privilegiando os grandes setores hegemônicos do cinema brasileiro em sua vertente industrialista, não alterando significativamente as castas de privilégios, como pode-se claramente constatar por meio de uma análise dos maiores captadores de recursos do período, liderado pela maior distribuidora da época, a Downtown, notória por lançar comédias brasileiras de grande alcance de público. Ou seja, a política pública para o cinema brasileiro a partir da segunda metade dos anos 2000 foi aderente à lógica do Governo Lula e seu "presidencialismo de coalizão", de tendência de centro-esquerda, abrindo portas para novos agentes mas, ao mesmo tempo, não mexendo nos privilégios dos já estabelecidos.

Assim, o cinema brasileiro dos anos 2000 e 2010 permaneceu dando sustentação ao projeto do "cinema da retomada". Ou seja, é possível perceber certos vestígios da "retomada" ainda vivos no cinema brasileiro das décadas seguintes.

Também é possível ver essa questão de outra forma, quando comparamos dois filmes realizados num intervalo de quase dez anos: *Orquestra dos meninos* (2008), de Paulo Thiago, e *Tudo que aprendemos juntos* (2015), de Sérgio Machado. A comparação entre esses dois filmes muito próximos ilustra a reverberação do "cinema da retomada" nas décadas de 2000 e 2010. São duas obras com um tema e uma abordagem com muitos pontos em comum. Baseados em fatos reais, ambos abordam como a vida de uma comunidade carente é transformada pela ação da música erudita, por meio da presença de um maestro, que inspira jovens pobres a participarem de uma orquestra. O filme de Paulo Thiago trata da contribuição do trabalho do maestro Mozart Vieira com jovens do interior de Pernambuco, enquanto o dirigido por Sérgio Machado se concentra na formação da Sinfônica Heliópolis, em uma das maiores favelas de São Paulo.

Se nesses filmes não há a ênfase cosmopolita dos anos 1990, há uma busca de transformar um olhar social em mero produto comercial, plastificando os sonhos mais legítimos de nossas periferias, envolvendo-as numa embalagem institucional-publicitária de gosto duvidoso, numa tentativa grosseira de cativar plateias com recursos básicos de comunicabilidade. Nos dois filmes, a possibilidade de um olhar social sobre o contexto sociopolítico-econômico do sertão ou das favelas é substituído por uma visão romântica do papel da arte, como redentora e emancipadora. O pretenso olhar social associado a estratégias de comunicabilidade, expressando uma visão conciliadora de nossas tensões sociais, revela a continuidade de muitos dos requisitos de base do "cinema da retomada".

Marighella (2019), de Wagner Moura, produzido pela O2 Filmes, desenvolve um conjunto de estratégias para domesticar o impacto subversivo de um guerrilheiro cujo principal lema era manter-se fiel aos seus princípios e não abrir concessões. Por meio de estratégias de transparência e identificação, por trás da estrutura de *thriller* político, o filme transforma o guerrilheiro em ídolo *pop*, com quem as plateias da classe média dos *shopping centers* podem se identificar. Há pouca reflexão de fato sobre o processo político brasileiro em *Marighella*, em relação ao perfil voltado ao entretenimento e ao espetáculo. As semelhanças entre *Marighella*, *O que é isso, companheiro?* (1997) e *Tropa de eli-*

te (2007) são diversas e expressam as heranças do cinema dos anos 1990 nas décadas seguintes do cinema brasileiro.

O "cinema da retomada", portanto, não é um ciclo que teve um fim, mas ele permanece vivo, arraigado de formas nem tão sutis no cinema brasileiro de hoje.

Referências bibliográficas

ABREU, Nuno Cesar. *Boca do Lixo*: Cinema e Classes Populares. Campinas: Unicamp, 2014.

ALMEIDA, Paulo Sérgio; BUTCHER, Pedro. *Cinema, desenvolvimento e mercado*. Rio de Janeiro: BNDES/Filme B, 2003.

AMANCIO, Tunico. *Artes e manhas da Embrafilme*. Niterói: EDUFF, 2000.

ARAÚJO, Inácio. Cinecesc exibe os melhores de 95. *Folha de São Paulo*, Folha Ilustrada, 19 mar. 1996.

ARAÚJO, Vicente de Paula. *A Bela época do cinema brasileiro*. São Paulo: Perspectiva, 1976.

AUTRAN, Arthur. Panorama da historiografia do cinema brasileiro. *Alceu*, v. 7, n. 14, jan./jun. de 2007, p. 17-30. Disponível em: http://revistaalceu-acervo.com.puc-rio.br/media/Alceu_n14_Autran.pdf.

_____. A noção de "ciclo regional" na historiografia do cinema brasileiro. *Alceu*, v. 10, n. 20, jan./jun. 2010, pp. 116-125. (Disponível em: http://revistaalceu-acervo.com.puc-rio.br/media/Alceu20_Autran.pdf).

BAHIA, Lia. *Discursos, políticas e ações*: processos de industrialização do campo cinematográfico brasileiro. São Paulo: Itaú Cultural/Iluminuras, 2012.

BELLOUR, Raymond. *Entre-imagens*: foto, cinema, vídeo. Campinas: Papirus, 1997.

BENTES, Ivana. Vídeo nos anos 90 (O meio é a massagem). *Revista USP*, n. 19, pp. 147 - 151, 1993. (Disponível em: http://www.revistas.usp.br/revusp/article/view/26890).

_____. Vídeo e Cinema: rupturas, reações e hibridismo. In: MACHADO, Arlindo. *Made in Brasil*: três décadas do vídeo brasileiro. pp. 113 - 132, São Paulo: Itaú Cultural, 2003.

_____. Sertões e favelas no cinema brasileiro contemporâneo: estética e cosmética da fome. *Alceu*, v. 7, n. 15, jul./dez. 2007, pp. 242 - 255. (Disponível em: http://revistaalceu-

-acervo.com.puc-rio.br/media/Alceu_n15_Bentes.pdf).

BERNARDET, Jean-Claude. *Historiografia clássica do cinema brasileiro*: metodologia e pedagogia. São Paulo: Annablume, 1995.

BILHARINHO, Guido. *O cinema brasileiro nos anos 90*. Uberaba: Instituto Triangulino de Cultura, 2000.

BIZERRIL, Luiz (org.). *Cartografia do audiovisual cearense*. Fortaleza: Dedo de moças, 2012.

BOURRIER, Any. Conquistas de Terra Estrangeira. *Jornal do Brasil*, Caderno B, Rio de Janeiro, 13 out. 1995.

BRAGANÇA, Felipe. Sonhos e histórias de fantasmas. *Contracampo*, n. 29, jul 2006. (Disponível em: http://revistaalceu-acervo.com.puc-rio.br/media/Alceu_n15_Bentes.pdf).

BURKE, Peter. A revolução francesa da historiografia: a Escola dos Annales (1929-1989). São Paulo: UNESP, 2ª edição, 1992.

BUTCHER, Pedro. Cinema brasileiro hoje. São Paulo: Publifolha, 2005.

CAETANO, Maria do Rosário. Cinema brasileiro (1990-2002): da crise dos anos Collor à retomada. *Alceu*, v. 8, n. 15, pp. 196 - 216, jul./dez. 2007a. (Disponível em: http://revistaalceu.com.puc-rio.br/media/Alceu_n15_Caetano.pdf).

_____ (org.). Festival 40 anos: a hora e a vez do filme brasileiro. Brasília: Secretaria da Cultura, 2007b.

CARREIRO, Rodrigo. O gosto dos outros: consumo, cultura pop e Internet na crítica de cinema de Pernambuco. Dissertação (Mestrado) – Programa de Pós-Graduação em Comunicação, Universidade Federal de Pernambuco, Recife, 2003.

CASTELLO BRANCO, Carlos Eduardo *et alii*. Setor de shopping center no Brasil: evolução recente e perspectivas. *BNDES Setorial*, Rio de Janeiro, n. 26, pp. 139 - 190, set. 2007. (Disponível em: https://www.bndes.gov.br/SiteBNDES/export/sites/default/bndes_pt/Galerias/Arquivos/conhecimento/bnset/set2606.pdf).

CERTEAU, Michel de. A escrita da história. Rio de Janeiro: Forense Universitária, 1982.

CARNEIRO, Gabriel. O ser do sertão. *Revista de Cinema*, 27 fev. 2015. (Disponível em: http://revistadecinema.com.br/2015/02/o-ser-do-sertao).

CHAPMAN, James; GLANCY, Mark; HARPER, Sue (eds.). *The new film history*: sources, methods, approaches. Basingstoke: Palgrave Macmillan, 2007.

CORRÊA, Paulo Vitor Luz. *Os festivais audiovisuais em 2018*: geografia e virtualização. Santos: Associação Cultural Kinoforum, 2018. (Disponível em: http://www.kinoforum. org.br/guia/panorama-do-audio-visual-apresentacao).

COSTA, Luiz Cláudio da. Contaminações e galáxias: um diálogo entre o poeta e o cineasta. *Revista de Letras*, São Paulo, v. 47, n. 1, pp. 99 - 128, jan./jun. 2007. (Disponível em: https://periodicos.fclar.unesp.br/letras/article/download/491/683).

D'AIUTO, Melissa Ferraz. *O desenvolvimento do setor de shopping centers no Brasil*. Monografia (Graduação), Instituto de Economia, Universidade Federal do Rio de Janeiro, 2013.

DOSSE, François. *A História em migalhas*: dos Annales à Nova História. Bauru: EDUSC, 2003.

DUBOIS, Phillippe. *Cinema, vídeo, Godard*. São Paulo: Cosac Naify, 2004.

ESCOREL, Eduardo. *Adivinhadores de água*. São Paulo: Cosac Naify, 2005.

FONSECA, Eduardo Dias. *Mundialização no cinema da retomada*: hibridação cultural e antropofagia como enunciação da identidade e alteridade. Dissertação (Mestrado) – Escola de Belas Artes da Universidade Federal de Minas Gerais, Belo Horizonte, 2012.

GARDNIER, Ruy; VALENTE, Eduardo; VIEIRA, João Luiz (orgs.). *Cinema brasileiro anos 90: 9 questões*. Rio de Janeiro: Centro Cultural Banco do Brasil, 2001.

GATTI, André Piero. *O consumo e o comércio cinematográficos no Brasil vistos através da distribuição de filmes nacionais*: Empresas distribuidoras e filmes de longa-metragem (1966-1990). Dissertação (Mestrado em Comunicação) – Escola de Comunicações e Artes, Universidade de São Paulo, São Paulo, 1999.

_____. A comercialização de um filme internacional: Central do Brasil. *Estudos de Cinema* – Sessões do Imaginário, n. 23, pp. 26 - 25, Porto Alegre: Famecos/PUCRS, 2010.

GENNARI, Adilson Marques. Globalização, neoliberalismo e abertura econômica nos anos 90. *Pesquisa & Debate*, v. 13, n. 1(21), pp. 30 - 45, 2001. (Disponível em: https://www.ufjf-br/pur/files/2011/04/Globaliza%C3%A7%C3%A3o-e-neoliberalismo-abertura-econ%C3%B4mica-no-Brasil-anos-90.pdf).

GOMES, Paulo Emílio Salles. *Cinema*: trajetória no subdesenvolvimento. 2ª edição. Rio de Janeiro: Paz e Terra, 1980.

HINGST, Bruno. *Projeto ideológico cultural no regime militar*: o caso da Embrafilme e os filmes históricos / Adaptações de obras literárias. Tese (Doutorado) – Escola de Comunicação e Artes, Universidade de São Paulo, São Paulo, 2013.

IKEDA, Marcelo. *Cinema brasileiro a partir da retomada*: aspectos econômicos e políticos. São Paulo: Summus Editorial, 2015.

_____. *Das garagens para o mundo*: movimentos de legitimação no cinema brasileiro dos anos 2000. Tese (Doutorado) – Universidade Federal de Pernambuco, Pós-graduação em Comunicação, Recife, 2021a.

_____. *Utopia da autossustentabilidade*: impasses, desafios e conquistas da Ancine. Porto Alegre: Sulina, 2021b.

IKEDA, Marcelo; LIMA, Dellani. *Cinema de garagem*: um inventário afetivo sobre o jovem cinema brasileiro do século XXI. Fortaleza/Belo Horizonte: Suburbana Co., 2011.

JOAQUIM, Luiz. *Cinema brasileiro nos jornais*: Uma análise da crítica cinematográfica na Retomada. Recife: Massangana, 2019.

JOBIM, Nelson Franco. Um empresário na tela. *Jornal do Brasil*, Caderno B, 21 fev. 1998.

JORGE, Marina Soler. Cinema Novo e Embrafilme: cineastas e Estado pela consolidação da indústria cinematográfica brasileira. Dissertação (Mestrado) – Instituto de Filosofia e Ciências Humanas, Universidade Estadual de Campinas, Campinas, 2002.

LE GOFF, Jacques *et al*. *A Nova História*. São Paulo: Martins Fontes, 1990.

LE GOFF, Jacques; NORA, Pierre (orgs.). *História*: novos problemas novas abordagens, novos objetos. Rio de Janeiro: Francisco Alves, 1988.

LEAL, Antonio; MATTOS, Maria Teresa. *Festivais audiovisuais*: diagnóstico setorial 2007: indicadores 2006. Rio de Janeiro: Fórum dos Festivais, 2008.

LEÃO, Danusa. Viva! *Jornal do Brasil*, Caderno B, 29 out. 1995.

LIMA, Paulo Santos. Cinemateca exibe obras marginalizadas. *Folha de São Paulo*, 01 dez. 2004. (Disponível em: https://www1.folha.uol.com.br/fsp/acontece/ac0112200401.htm).

LOPES, Denise. *Cinema brasileiro pós-Collor*. Dissertação (Mestrado) – Pós-Graduação em Comunicação Social, Universidade Federal Fluminense, Niterói, 2001.

MACHADO, Arlindo. O diálogo entre cinema e vídeo. *Revista USP*, n. 19, pp. 123 - 135, 1993. (Disponível em: http://www.revistas.usp.br/revusp/article/view/26888).

MAGER, Juliana Muylaert. *É tudo verdade*: cinema, memória e usos públicos da história. Niterói: Tese (Doutorado) – Programa de Pós-Graduação em História, Universidade Federal Fluminense, Niterói, 2019.

MARINHO, Mariana Paiva. *Tradições e contradições*: a representação do Nordeste no Cinema Brasileiro Contemporâneo. Dissertação (Mestrado) – Programa Multidisciplinar de Pós-Graduação em Cultura e Sociedade do Instituto de Humanidades, Artes e Ciências, Universidade Federal da Bahia, Salvador, 2013.

MARSON, Melina. *Cinema e políticas de Estado*: da Embrafilme à Ancine. São Paulo: Escrituras/ Iniciativa Cultural, 2009.

MATTOS, Carlos Alberto. *Carla Camurati*: luz natural. São Paulo: Imprensa Oficial do Estado de São Paulo, 2005.

MATTOS, Maria Teresa. *O Festival do Rio e as configurações da cidade do Rio de Janeiro*. Rio de Janeiro: Tese (Doutorado) – Programa de Pós Graduação em Comunicação, Universidade do Estado do Rio de Janeiro, 2018.

MCDONALD, Paul; WASKO, Janet (orgs.). *The contemporary Hollywood film industry*. Chichester: Wiley-Blackwell, 2008.

MIGLIORIN, Cezar. Por um cinema pós-industrial: notas para um debate. *Cinética*, fev 2011. (Disponível em: http://www.revistacinetica.com.br/cinemaposindustrial.htm).

MORAIS, Julierme. *Eficácia política de uma crítica*: Paulo Emílio Salles Gomes e a constituição de uma teia interpretativa da história do cinema brasileiro. Dissertação (Mestrado) – Pós-Graduação em História, Universidade Federal de Uberlândia, Uberlândia, 2010.

_____. *Paulo Emílio Salles Gomes e a eficácia discursiva de sua intepretação histórica*: reflexões sobre história e historiografia do cinema brasileiro. Tese (Doutorado) – Pós-Graduação em História, Universidade Federal de Uberlândia, Uberlândia, 2014.

_____. *Paulo Emílio historiador*: matriz interpretativa da história do cinema brasileiro. São Paulo: Pimenta Cultural, 2019. (Disponível em: https://www.pimentacultural.com/paulo-emilio).

NAGIB, Lúcia. *O Cinema da Retomada*: depoimentos de 90 cineastas dos anos 90. São Paulo: Editora 34, 2002.

NOGUEIRA, Lisandro. Central do Brasil e o melodrama. *Comun. & Inf.*, v. 3, n. 2, pp. 155 - 159, jul./dez. 2000. (Disponível em: https://revistas.ufg.br/ci/article/download/22870/13611/).

NORONHA, Jurandir Passos. *No tempo da manivela*. Rio de Janeiro: Embrafilme, 1987.

OLIVEIRA, Bernardo. Tudo é Central! Mas como, se são dois Brasis? *Contracampo* n. 2, fev. 1999. (Disponível em: http://www.contracampo.com.br/01-10/centraltudoebrasil.html).

ORICCHIO, Luiz Zanin. *Cinema de novo*: um balanço crítico da retomada. São Paulo: Estação Liberdade, 2003.

ORTEGA, Vicente Rodriguez. Identificando o conceito de cinema transnacional. In: FRANÇA, Andrea; LOPES, Denilson (orgs.). *Cinema, globalização e interculturalidade*. Chapecó: Argos, 2012.

ORTIZ, Renato. *Mundialização e cultura*. São Paulo: Brasiliense, 1994.

_____. *Universalismo e diversidade*. São Paulo: Boitempo, 2015.

ORTIZ RAMOS, José Mário. *Cinema, Estado e lutas culturais: anos 50, 60, 70*. Rio de Janeiro: Paz e Terra, 1983.

_____. Cinema brasileiro: depois do vendaval. *Revista USP*, n. 32, pp. 102 - 107, 1997. (Disponível em: https://www.revistas.usp.br/revusp/article/view/26034).

OTTONE, Giovanni. O renascimento do cinema brasileiro nos anos 1990. *Alceu*, v. 8, n. 15, pp. 271 - 296, jul./dez. 2007. (Disponível em: http://revistaalceu.com.puc-rio.br/media/Alceu_n15_Ottone.pdf).

PAIVA, Anabela. Sucesso em Terra Estrangeira. *Jornal do Brasil*, Caderno B, 01 nov. 1995.

PIZA, Daniel. *Jornalismo cultural*. 2ª. edição. São Paulo: Contexto, 2004.

PONTES, Ipojuca. *Cinema cativo*: reflexões sobre a miséria do cinema nacional. São Paulo, EMW Editores, 1987.

PRADO JÚNIOR, Caio. *Formação do Brasil contemporâneo*: colônia. São Paulo: Martins Fontes, 1942.

PRYSTHON, Angela. Rearticulando a tradição: rápido panorama do audiovisual brasileiro nos anos 90. *Contracampo*, (7), pp. 65 - 78, 2002. (Disponível em: http://periodicos.uffbr/contracampo/article/view/17336).

RAMOS, Alcides Freire. Apontamentos em torno do cinema brasileiro da década de 1990. In: *Nuevo Mundo/Mundos Nuevos*, Débats, 23 jan. 2007. (Disponível em: http://journals.openedition.org/nuevomundo/3378).

RAMOS, Lécio Augusto. Duas ou três coisas sobre Cinderela Baiana. *Contracampo*, n. 27, jul. 2006. (Disponível em: http://www.contracampo.com.br/27/cinderela.htm).

REIS, Flávio Barbara. Percepções acerca da "retomada do cinema brasileiro" através da análise de críticas jornalísticas. *Temática*, Ano XII, n. 9. NAMID/UFPB, set. 2016. (Disponível em: https://periodicos.ufpb.br/index.php/tematica/article/download/30673/16173).

ROCHA, Glauber. *Revisão crítica do cinema brasileiro*. São Paulo: Cosac Naify, 2003 [1963].

RODRIGUES, Laécio Ricardo. *A primazia da palavra e o refúgio da memória*: o cinema de Eduardo Coutinho. Tese (Doutorado) – Instituto de Artes, Universidade Estadual de Campinas, Campinas, 2012.

SALLUM JR, Brasilio. O Brasil sob Cardoso: neoliberalismo e desenvolvimentismo. *Tempo social*, São Paulo, v. 11, n. 2, pp. 23 - 47, out 1999. (Disponível em: http://www.scielo.br/scielo.php?script=sci_arttext&pid=S0103-20701999000200003).

SANTOS, Cléber Eduardo. Diretores Transnacionais Latino Americanos. *In*: BAPTISTA, Mauro; MASCARELLO, Fernando. (orgs.). *Cinema mundial contemporâneo*. pp. 193 - 211. Campinas: Papirus, 2008.

SCHVARZMAN, Sheila. História e historiografia do cinema brasileiro: objetos do historiador. *Especiaria*: Cadernos de Ciências Humanas, v. 10, n. 17, 2007. (Disponível em: https://periodicos.uesc.br/index.php/especiaria/article/view/786).

SEVÁ, Augusto. Sonhar um sonho. *Revista do cinema* – 8º CBC e os novos desafios do audiovisual, Edição especial, pp. 32 - 33, set. 2010. (Disponível em: http://blogs.utopia.org.br/cbc/files/2010/09/Revista-de-Cinema_Especial-CBC.pdf).

SILVA, Vanderli Maria da. A construção da política cultural no regime militar: *Concepção, diretrizes e programas* (1974-1978). Dissertação (Mestrado em Sociologia). Faculdade de Filosofia, Letras e Ciências Humanas da Universidade de São Paulo. São Paulo, 2001.

WHITE, Hayden. *Meta-história*: a imaginação histórica do século XIX. 2ª ed. São Paulo: EDUSP, 2008.

XAVIER, lsmail; BERNARDET, Jean-Claude; PEREIRA, Miguel. *O desafio do cinema*: a política do estado e a política dos autores. Rio de Janeiro: Jorge Zahar, 1985.

VALENTE, Eduardo. Estudos de caso – em busca da definição de uma patologia. *Contracampo*, n. 24, dez 2000. Disponível em: http://www.contracampo.com.br/24/estudosdecaso.htm.

VALENTE, Eduardo; KOGAN, Lis. O que é o Novíssimo Cinema Brasileiro? *Novíssimo Cinema Brasileiro*, 20 jul. 2009. (Disponível em: http://novissimocinemabrasileiro.blogspot.com/2009/07/sessao-inaugural_19.html).

VIANY, Alex. *Introdução ao Cinema Brasileiro*. Rio de Janeiro: Instituto Nacional do livro, 1959.

Fone: 51 99859.6690

Este livro foi confeccionado especialmente para a
Editora Meridional Ltda.,
em Zilla Slab, 11/15 e
impresso na Gráfica Odisséia.